KB044038

간단한 죽음

(바이러스에 감염된 글, 모음)

기쿠치 간 외 지음

박현석 옮김

玄 人

간단한 죽음

(바이러스에 감염된 글, 모음)

기쿠치 간 외

옮긴이 **박현석**

나쓰메 소세키, 다자이 오사무, 와시오 우코, 나카니시 이노스케, 후세 다쓰지, 야마모토 슈고로, 에도가와 란포, 쓰보이 사카에 등의 대표작과 문제작을 꾸준히 번역해 소개하고 있다. 국내 최초로 번역한 작품도 상당수 있으며 앞으로도 국내에 잘 알려지지 않은 작가 · 작품을 소개하여 획일화된 출판시장에 다양성을 부여할 계획이다. 옮긴 책으로는 『나쓰메 소세키 단편소설 전집』, 『그럼, 이만…… 다자이 오사무였습니다.』, 『스물네 개의 눈동자』, 『아케치 미쓰히데』, 『붉은 흙에 싹트는 것』, 『운명의 승리자 박열』, 『붉은 수염 진료담』, 『추리소설 속 트릭의 비밀』 외 다수가 있다.

간단한 죽음(바이러스에 감염된 글, 모음)

1판 1쇄 인쇄 2022년 2월 10일
1판 1쇄 발행 2022년 2월 20일

지은이 기쿠치 간 외
옮긴이 박현석
펴낸이 박현석
펴낸곳 현 인

등 록 제 2010-12호
주 소 서울시 도봉구 덕릉로 62길 13, 103-608호
전 화 010-2012-3751
팩 스 0505-977-3750
이메일 gensang@naver.com

ISBN 979-11-90156-26-4

목   차

간단한 죽음 簡単な死去

기쿠치 간 菊池寬

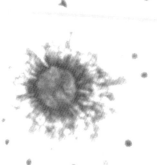

기쿠치 간

1888년에 가가와 현 다카마쓰 시에서 태어났다. 도쿄 고등사범학교
에 입학했으나 분방한 행동 때문에 퇴학, 이후 제일고등학교 문과에서
도 졸업 직전에 퇴학, 결국은 교토 제국대학 영문과를 졸업했다. 아쿠타
가와 류노스케, 구메 마사오 등과 제3·4차 『신사조』의 동인으로 활약
했다. 신문연재소설인 「진주부인」의 성공으로 통속소설로까지 영역
을 확대했으며 신현실파의 중심작가로 활약했다. 잡지 분게이순주(文
芸春秋)를 창간했으며 아쿠타가와 상, 나오키 상을 창설했다.

12월도 이제 얼마 남지 않았을 무렵이었다. 신문사의 일은 점점 줄어들고 있었다. 연말의 휴간이 다가오고 있었다. 남은 일들은 새해를 맞은 뒤부터 하자, 연내에는 아무리 일해봐야 얼마 하지도 못한다, 느긋하게 보내자, 라는 생각이 모두의 마음속에 있었다. 게다가 1년 동안의 치열했던 생활을 돌아보면 나른한 권태감이 모두의 마음을 덮쳐왔다. 그처럼 치열하게 일해야 하는 1년을 다시 맞아들이기 위해서 연말의 눈에 띄지 않는 사오일은 편안한 마음으로 보내야겠다고 각자 생각하고 있었다. 관청에 출입하는 기자들은 관청이 업무를 마무리했기에 11시 무렵부터 회사에 얼굴을 내민 채 아무런 일도 하지 않고 편집실에서 어슬렁거리고 있었다.

　유키치도 11시 무렵 회사에 나온 뒤부터 3시 무렵까지 주어진 일이 아무것도 없었기에 시간을 죽이기 위해 신문철을 읽기도 하고, 원고지에 낙서를 하기도 하고, 별 의미도 없는 일을 하며 4시가 오기를 기다리고 있었다. 4시가 되면 어차피 할일도 없으니 일찍 퇴근해야겠다고 생각했다.

편집실에 있는 사람들도 모두 같은 마음이었으리라. 어제 막 월급과 상여금을 받았기에 모두 주머니가 든든했다. 가정을 가지고 있는 자는 새해 준비를 위한 장보기 등을 생각하고 있었으리라. 그렇지 않은 자라 할지라도 모두 얼른 집에 가서 따뜻한 불기와 함께 따뜻한 음식을 먹고 싶다는 생각을 하고 있었으리라. 널따란 편집실에 딱 하나밖에 없는 난로는 굴뚝의 상태가 좋지 않았기에 아까부터 연기만 피워올리고 있었다. 실내에서도 외투를 벗지 않은 자가 두어 명 있을 정도로 추위가 극성이었다. 아침부터 가랑비가 내리고 있는 밖에서는 바람이 불기 시작한 것이리라. 후두둑후두둑 빗방울이 유리창을 때리기 시작했다.

유키치는 무료함에 자리에서 일어나 도서실로 들어가보았다. 눈에 띄는 책은 한 권도 없었다. 그 어떤 책도 책장을 펼쳐 읽어보고 싶을 만큼의 호기심을 유키치의 마음에 불러일으키지 못했다.

유키치는 다시 발걸음을 돌려 도서실에서 나오려 했다. 바로 그때였다. 편집실 쪽에서 히죽히죽 웃으며 다가오던 동료 가와사키(川崎)가,

"이봐! 기무라(木村) 군! 놀랄 만한 일이 있어."라고 말

했다. 뭔가 신문의 특종이 될 정도로 커다란 사건이 일어난 것 아닐까 유키치는 잠깐 생각했다. 그러나 그렇게 생각하기에 가와사키는 직업적인 흥분을 조금도 드러내고 있지 않았다.

"놀랄 만한 일이라니, 뭔가 커다란 사건이라도 일어났는가?"

"아니, 신문과는 관계없는 일이야. 그래도 놀랄 만한 일이야."라고 가와사키는 히죽히죽 웃으며 한없이 차분했다.

"무슨 일인지 말해보게. 자네가 하는 이야기이니 어차피 싱거운 일일 테지만."

"아니, 들으면 자네도 놀랄 거야. 사와다(沢田) 군이 죽었어."

"뭐, 사와다 군이? 이거 놀랐는걸. 대체 언제 죽은 거지?"

"거봐! 자네도 놀랐지? 오늘 오전 4시에 죽었대."라고 말하며 가와사키는, 이 갑작스럽고 놀라운 보고를 향락이라도 하는 양 히죽히죽 웃고 있었다. 유키치는 평소부터 가와사키가 썩 마음에 들지는 않았었다. 게다가 가와사키가 사와다를 은연중에 배척하려 하고 있다는 소문도 누구에게랄 것도 없이 들은 적이 있었기에 유키치는 지금 가와사키가 사와다의 죽음에 대한 소식을 웃으며 자신에게 전하는 마음에 불쾌한 의구심을 품지 않을 수 없었다.

하지만 유키치 역시 사와다의 죽음을 알고 난 뒤에도 슬프다는 생각은 전혀 들지 않았다.

"그거 놀랍군. 전혀 뜻밖이야."라고 말한 유키치는, 가와사키와 마찬가지로 이상한 미소조차 떠오르는 것이 느껴졌다.

"역시 유행성 감모[1]라고 하더군. 바로 사오일 전까지만 해도 회사에 나왔었는데. 나는 쉬고 있었다는 사실조차 몰랐어." 가와사키는 여전히 놀라운 마음에 머물러 있어서 조금도 슬퍼하려 하지 않았다.

그 팔팔하던, 엉뚱한 일에 기염을 토하던 사와다, 조금이라도 자신보다 지위가 높은 사람을 중역이라고 부르며 언제나 비아냥거림 가득한 불평을 털어놓던 사와다, 얼토당토 않는 말장난이나 명언 등을 늘어놓고는 자랑스러워하던 사와다, 그랬던 그가 아무런 예고도 없이 갑자기 죽었다는 사실, 그것은 유키치의 마음에도 묘하게 피상적인 놀라움만을 주었을 뿐, 가엾다거나 비통하다는 생각은 조금도 불러일으키지 못했다.

---

1) 주로 바이러스로 인해 걸리는 호흡기 계통의 질환. 감기. 여기서는 특히 '스페인 독감'을 일컫는다.

'그래, 맞아. 나랑 언쟁을 벌였던 밤이 회사에 온 마지막 날이었을지도 모르겠군.'이라고 유키치는 생각했다. 그것은 정확히 나흘 전의 밤이었다. 그날 밤은 유키치가 야간의 편집을 맡은 날이었다. 사와다는 그날 밤 당직이었던 듯, 자신이 담당하고 있는 관청에서의 볼일을 마치고 6시 무렵에 회사로 왔다.

"뭐, 재미있는 일이라도 있나요?"라고 유키치의 책상을 덮치듯 인사 대신처럼 말하더니 유키치 바로 옆에 있던 의자에 앉아 그날의 석간을 보고 있었다.

"아, 무샤노코지 사네아쓰[2]의 '새마을'이로군."하고 석간의 어딘가에서 '새마을'에 관한 소식을 발견한 사와다는 이렇게 커다란 소리로 말하는가 싶더니,

"'새마을' 같은 건 인기를 얻기 위한 기행(奇行) 아닙니까? 문사나 소설가들에게는 기발한 짓을 해서 인기를 얻으려 하는 경향이 있어서 글러먹었어요. '새마을'이라니, 소설가나 문사처럼 팔다리가 허약한 사람들이 농민 흉내를 낸들 뭘 할 수 있겠습니까?"

---

2) 武者小路実篤(1885~1976). 소설가, 시인, 화가. 화족 출신으로 톨스토이에 경도되었으며, 『시라카바(白樺)』 창간에 참가했다. 인도주의 문학을 창조했으며 '새마을'을 건설하여 실천운동을 펼쳤다.

라고 말을 이었다. 무슨 일에 대해서나 닥치는 대로 비아냥거리거나 험담을 퍼붓는 것이 사와다의 버릇이었다. 그런 사와다의 비아냥거림이나 험담을 들어도 유키치는 한 번도 그것을 반박하거나 상대로 삼은 적이 없었으나, 그날 밤은 사와다가 험담의 대상으로 삼은 것이 유키치와 너무나도 가까이에 있는 사람들이었기에 유키치는 자신도 모르게 화가 나고 말았다.

잠꼬대에도, 몰상식에도 정도가 있는 법이라고 생각했다. 무샤노코지 씨의 '새마을'을 단지 인기를 끌기 위한 기행으로만 여기고 있는 사와다의 생각이 한심하고 또 한심해서 상대할 마음조차 들지 않았지만, 그래도 도저히 그냥 흘려들을 수가 없었다.

"사와다 씨는 뭔가 무샤노코지의 글을 읽은 적이 있습니까?"라고 유키치가 조금 흥분해서 물었다.

"아니, 없습니다."라고 사와다가 거만하고 퉁명스럽게 대답했다.

"없다면, 그 사람이 어떤 생각으로 '새마을'을 운영하고 있는지 모를 거 아닙니까?"

"아니, 알고 있습니다. 그런 사람들이 하는 일 정도는 아주 잘 알고 있습니다."라고 사와다가 오만하게 말했다.

"당신 같은 속인에게는 어떤 사람이 하는 일이든 속되게 보이는 법입니다. 다른 사람이 고상한 생각에서 하고 있는 일도 무조건 속되게 해석하려 하는 법입니다. 그런 사람의 생각이 이른바 속론(俗論)입니다."라고 유키치도 과감하게 말했다.

"오호라, 속론! 하하, 기무라(木村) 씨도 요즘 들어 가끔 소설을 쓰시니 '새마을'의 무리들과는 한 소굴 속의 너구리겠군요."라고 사와다가 유키치를 똑바로 쳐다보며 조소했다. 유키치는 그를 상대하기 시작한 일이 조금은 한심스럽게 여겨졌다. 동료라고는 하지만 사상적으로는 전혀 다른 세계에서 살고 있는 사람이었다. 그런 사람의 말을 마음에 둔 것부터가 잘못된 일이었다고 생각했다.

"『×××』의 10월호에서 읽었습니다만, 기무라 씨도 나카지마 고슈(中島孤舟)를 만나면 엉망진창이 되어버리더군요. 그것도 역시 속론입니까? 하하하하하."라고, 사와다는 유키치에게 속론이라는 말을 들은 것이 매우 거슬렸는지 연달아 이렇게 말했다. 유키치는 나카지마 고슈라는 사내를, 문단의 대문에서 어슬렁거리고 있는 개처럼 새로운 작가가 들어오면 반드시 한 번은 짖어대는 비평가라고 생각하고 있었기에 그 사내의 완전히 부정적인 비평도 그다지 신경 쓰지 않았지만, 문단의 사정에 대해서 아무것도 모르는 사와다 같은 사람이 나카지마 고슈에게 유키치가 형편없이 당한 것처럼 생각하고 있다는 사실이 한없이 불쾌했다. 그렇지만 유키치는 아무런 대답도 하지 않았다. 사와다는 유키치가 입을 다물어버리자 유치키를 완전히 압도해버린 것이라고 생각했는지 추격전에 나섰다.

"기무라 씨는 저를 속인이라고 하셨지만, 당신도 상당한 속재(俗才)를 가지고 계시더군요. 지난번 사회부 회의 때도 당신이 뒤에서 조종을 한 탓에 평소보다 훨씬 더 큰 마찰이 있었습니다."라고 사와다는 유키치가 생각지도 못했던 비난을 하기 시작했다. 그때의 회의에 유키치는 참석하지 않았다. 신년호에 실을 원고의 마감일이었기에 그는 어쩔 수 없이 결석한 것이었다. 단, 모리구치(森口)라는 사람이 연설을 할 때 유키치의 이름을 들어 인용했기에, 사와다는 유키치가 모리구치를 사주하여 연설을 시킨 것이라고 받아들인 모양이었다. 유키치는 당해낼 수 없으리라 생각했다. 유키치는 사와다의 예봉을 피하기 위해 자신의 자리에서 일어나 도서실 쪽으로 갔다. 마음속은 역시 불쾌했다. 상대방이 단지 몰상식한 사람으로, 험담에도 비아냥거림에도 그리 대단한 근거가 있는 것은 아니라는 사실은 잘 알고 있었으나, 그래도 불쾌해진 마음은 어떻게 주체할 길이 없었다.

유키치가 10분 정도 도서실에서 시간을 보내다 이제는 여파가 가라앉았을 무렵이다 싶어 돌아와보니, 사와다는 유키치와의 언쟁 따위 깨끗이 잊어버렸다는 듯, 자신이 계획하고 있는 새로운 사업에 대해서 기염을 토하고 있었다.

"아, 기무라 씨. 당신도 저의 사업에 한 몫 거드시기 바랍니다. 당신은 그래도 사회부의 중역이니 계속 참고 버티다보면 희망도 있을 테지만, 저 같은 건 하루 종일 발품을 팔아야 하는 입장으로 지금 뭔가 좋은 사업이라도 찾아내지 못하면 마흔 넘어서도 머리를 굽실거리며 밖으로 뛰어다녀야 하니 그보다 더 비참한 일도 없을 겁니다. 그래서 제가 계획하고 있는 사업이라는 건, 도쿄(東京) 납골당주식회사라는 것입니다. 명칭은 좀 이상할지 모르겠지만 내용은 꽤나 진지한 것입니다. 도쿄 시내에 커다란 납골당을 짓겠다는 계획입니다. 자본가라면 묘지에 대한 걱정 따위 필요 없을 테지만, 저희 가난뱅이들은 살아 있는 동안 한껏 고생만 하다 죽어봐야 납골을 위한 한 치의 땅조차 없는 형편이니까요. 게다가 도쿄 시의 지금 상황으로 봐서, 지가는 계속 오르기만 할 테니 가난한 사람이 묘지를 얻는 일은 점점 어려워질 것입니다. 특히 우리처럼 고향에서 뛰쳐나온 외지인은 죽고 나면

뼈만 길을 잃고 헤맬 듯하지 않습니까? 그래서 제가 생각한 것이 납골당입니다. 도쿄 시내에 커다란 납골당을 세워서 일정한 요금으로 유골을 안치하는 겁니다. 물론 어떤 종파든 차별은 없습니다. 그와 동시에 부속 장례식장을 설치하여 가난한 사람들을 위해 간단히 장례식을 치러주는 겁니다. 어떻습니까, 기무라 씨? 좋은 생각 아닙니까? 얼마 전에 시장에게 말했더니, 크게 공감한다, 가능한 한 힘을 보태겠다고 말했습니다. 50만 엔 정도의 주식으로 해서 대대적으로 한번 해볼 생각입니다만."하고 사와다는 흥분해서 떠들어댔다. 유키치는 이 사람이 승려 출신이라는 사실이 떠오르자 평범한 사람으로서는 얼핏 생각하기 어려운 기발한 착상에 감탄하지 않을 수 없었다. 그러나 이 사람이 언젠가, 당장에라도 고무회사를 시작할 것처럼 얘기했던 일도 떠올랐다.

"100엔 주가 겨우 5천이니까요. 안면이 있는 시의원 가운데 네다섯 명만 끌어들이면 됩니다. 그렇게 되면 저는 우선 상무이사가 됩니다."

"진짜 중역이군요."라고 누군가가 놀렸다.

"설립 때는, 기무라 씨, 대대적으로 선전을 해주셨으면 합니다."라고 말하며 사와다는 참으로 신이 나서 커다랗게 웃었다.

이것이 나흘 전 밤의 일이었다. 그 사와다가 겨우 나흘 뒤에(그것도 정확히 말하자면 만 3일도 되지 않는다.) 죽었다. 그 엉뚱하고 괴팍스러운 사와다가, 역시 엉뚱하게도 느닷없이 죽은 것이었다. 유키치는 아무리 생각해보아도, 병상에서 괴로워하는 사와다의 얼굴이 떠오르지 않았다. 시청의 기자클럽에서 납골당주식회사에 대해 기염이라도 토하고 있는 사와다의 모습밖에 떠오르지 않았다. 시시각각으로 다가오는 죽음에 대한 두려움에 병상에서 전전하고 있는 사와다의 고통스러운 이미지 대신 오만하게 비아냥거리는, 그러면서도 그다지 악의는 없는 평소의 모습이 떠올랐다. 동료의 죽음에 대해서 조금은 느껴져도 좋을 애도의 기분이 유키치의 마음에서는 조금도 생겨나지 않았다. 또한 그런 애도의 마음이 생겨나지 않는 것을 책망하는 마음조차 들지 않았다. 물론 사와다에 대해서 유키치가 친구로서의 친밀함을 조금도 가지고 있지 않았다는 사실도 사와다의 죽음을 조금도 슬퍼하지 않는 원인 가운데 하나이기는 했으나. 단지 사와다의 죽음으로 인해 지금까지도 상당히 두려워하던 유행성감모의 위협을 한층 더 깊이 느끼게 된 것만은 사실이었으나, 이는 이론의 여지도 없이 자신의 몸을 생각하는 마음이지 사와다의 죽음을 달리 생각하는 마음은 아니었다.

편집실로 들어서자 유키치의 얼굴을 본 후지타(藤田) 부장이 의자와 의자 사이를 빠르게 빠져나오며 유키치에게 다가왔다.

"기무라 씨! 사와다 군이 갑자기 세상을 떠났는데 그 사람은 도쿄에 가족이 없으니 어쩌면 회사 측에서 장례식과 매장을 해주어야 할지도 모릅니다."라고 평소처럼 빠른 투로 말했다. 후지타는 역시 책임이 있는 위치에 있는 만큼, 가와사키처럼 히죽히죽 웃고 있지는 않았다.

"지금 가와사키 군에게서 듣고 놀란 참이었습니다."라고 유키치는 대답했다.

"그런데 하숙에서 죽은 건지, 아니면 어딘가 병원에서 죽은 건지, 너무도 갑작스러워서 상황을 전혀 알 수 없기에 야마모토(山本) 군을 하숙집으로 보냈습니다. 곧 상황을 알 수 있을 테니 만반의 준비를 해주시기 바랍니다. 번거롭겠지만 당신이 주임이 돼서."라고 후지타가 약간 딱하게 됐다는 듯 말했다.

"제가 주임인가요?"라고 말한 채 유키치는 쓴웃음을 지었다. 정월까지 이제 겨우 이삼일밖에 남지 않았다. 이렇다 할 용건은 없는 유키치였지만 왠지 마음이 분주한 연말에 장례식의 주임이라는 역을 할당받다니 참으로 난감하게 되었다는 생각이 들었다. 유키치는 예전부터 사회부의 간사를 맡고 있었다. 임기가 몇 번이고 지났지만 그대로 임무를 맡고 있었다. 그리고 부장인 후지타는 뭔가 사건이 있을 때마다 생각났다는 듯 유키치를 간사 취급해왔다.

"그래서 오늘밤에는 누군가가 사회부를 대표해서 밤샘을 꼭 해줬으면 좋겠으니 그 사람도 일단 뽑아두세요."라고 후지타가 덧붙였다.

"네! 밤샘이요?"라고 말한 채 유키치는 당황해버리고 말았다. 이처럼 한 해가 얼마 남지 않았고 한낮에조차 한기가 뼛속까지 파고드는 날에 밤샘을 하며 시체 옆에서 날을 밝혀야 하다니. 그것도 평범한 병으로 죽은 것이 아니라 유행성 감모라는 상당히 전염력이 우려되는 병으로 쓰러진 사람의 시체였다. 게다가 그에게 이쪽의 밤샘을 진심으로 감사해줄 유족이라도 있다면 그나마 밤샘을 하는 보람도 있을 테지만, 그곳은 단지 하숙집의 한 방이었다. 조금이라도 흔쾌히 밤샘을 가줄 사람이 있을까 생각하며 유키치는 난로를 둘러싼 채 이야기를 나누고 있는 동료들에게로 가보았다. 모두 죽은 사와다에 대해서 이야기하고 있었다. 모두가 마치 사회부 지면에서 지명도 있는 사람의 죽음을 다루고 있는 것과 같은 정도의 흥미와 냉정함으로 사와다 이네지로(沢田稲次郎)의 이야기를 하고 있었다.

"그 양반, 입버릇처럼 곧잘 말하곤 했지. 나는 시장과 이름이 같으니 내게도 시장 정도의 운은 갖춰져 있을 거라고." 누군가 말하자 모두가 하하하하하하 하고 폭소를 터뜨렸다.

"맞아, 사와다 군은 기염만은 다지리(田尻) 시장 이상이었지. 언제였더라, 세이요켄(精養軒)으로 시청 출입기자들을 초대해서 다지리 시장의 신임피로연을 열었을 때도 사와다 군이 연설을 시작했는데 말이지, 시장이네 부시장이네 시의회의원들이네 하는 사람들을 앞에 놓고 당당하게 1시간 이상이나 얘기를 하더라고. 시정 문제 각 방면에 걸쳐서 기염을 토했어. 그런데 얼굴만 무서웠지, 무슨 말을 했는지 이해한 사람은 아무도 없었어. 주인공인 시장조차 영문을 모르겠다는 표정이었어."라고 가와사키가 우습게 이야기했다.

"누군가 밤샘을 가야 하는데 사와다 군하고 제일 친했던 사람이 누구였지?"라고 유키치가 옆에서 말했다.

밤샘이라는 말을 듣자 모두가 갑자기 지금까지의 웃음을 거둬버리고 말았다. 죽음이라는 중대한 사건도 그것이 타인의 일이었을 때는 아무렇지도 않게 이야깃거리로 삼았으나, 밤샘은 타인의 문제가 아니라 자신들과 직접적으로 관계된 문제이기 때문이었으리라.

"회사에서 친하게 지냈던 사람은 거의 없을 거야. 나만 해도 지금 하고 있는 일의 성격상 친하게 지내지 않으면 안 됐지만, 그래도 일 이외의 얘기는 거의 해본 적이 없으니까."라고 가와사키가 진지한 표정으로 변명처럼 말했다.

"게다가 사와다 군은 꽤나 얄미운 소리만 해대서 별것도 아닌 일로 사람들의 감정을 상하게 하곤 했어요."라고 쓰노다(角田) 노인이 말했다. 유키치도 그 말에는 동감했다. 그는 나흘 전에 있었던 사와다와의 사소한 언쟁을 떠올렸다. 그렇다고 해서 유키치가 사와다에 대해서 나쁘게 생각하고 있는 것은 결코 아니었다. 그러나 자신이 앞장서서 무엇인가 해주어야겠다는 호의는 조금도 일지 않았다.

"시청의 클럽 사람들과도 사이는 별로 좋지 않았던 듯합니다. 어딘가 괴팍한 면이 있었으니까요."라고 누군가가 말했다.

"자원해서 밤샘을 가줄 사람 누구 없을까요."라며 유키치는 모두를 둘러보았다.

"사양하겠습니다."라며 도쿄 사람 기질을 가진 익살꾼 요시다(吉田)가 머리 위에서 오른손을 흔들었다.

"죽었는데 밤샘을 해줄 사람이 하나도 없다니, 친구도 꽤

중요하군요."라고 유키치가 진심에서 우러나는 목소리로 말했다.

"그 양반도 역시 사후의 일을 생각하고 있었는지 요즘들어 자꾸만 납골당주식회사 얘기를 하지 않았습니까."라고 쓰노다 노인이 말했다.

"하하하. 납골당주식회사."라고 가와사키가 말하자 모두가 한꺼번에 웃었다.

유키치는 사와다에게 한 사람이라도 친구다운 친구가 있으면 그 사람을 밤샘에 보낼 생각이었으나, 그런 사람이 없다는 사실을 알았기에 다른 수단을 취할 수밖에 없었다.

"그럼 달리 방법이 없으니 제비뽑기로 정하겠습니다."라고 유키치가 거의 선고를 내리는 듯한 투로 말했다.

"제비뽑기! 이거 난리 났군."하며 요시다는 머리를 두드렸다.

"망년회의 제비뽑기라면 모르겠지만, 이런 제비뽑기는 질색이야. 그래, 맞아. 난 후지타 씨에게 부탁받은 일이 있었지."라고 말하며 평소 뺀질이라는 소리를 듣고 있는 도다(戸田)가 책상 위에 던져두었던 외투를 입으려 했다. 유키치도 제비뽑기를 꺼려하는 모두의 마음은 잘 알고 있었다. 그러나 그렇다고 해서 도다의 뺀질거림을 눈감아주어서는 자신의 책임을 다할 수 없으리라 생각했다.

"이봐! 그렇게 달아나서는 곤란해. 볼일이 있으면 제비를 뽑고 난 뒤에 가도록 해. 지금 바로 만들어가지고 올 테니."라고 유키치가 약간 강하게 말했다.

"그게, 난 오늘밤에 거절하기 어려운 곳에서 초대를 받았어. 오늘밤만은 제발 눈감아주게. 그 대신 장례식이든 어디든 참석할 테니."라며 도다는 정말로 당황한 사람처럼 굽실굽실 머리를 두어 번 숙였다.

"안 돼, 안 돼. 무슨 일이 있어도 안 돼. 그런 방종은 절대로 용납할 수 없어."라고 유키치가 단호하게 말했다.

"그런가. 오늘은 그냥 쉴걸 그랬어. 설마 오늘 같은 날 무슨 일이 있겠나 싶어서 꾸역꾸역 나왔더니 이런 꼴을 당하고 마는군."

"도다 씨, 가끔 얼굴을 내밀면 그런 법이에요."라고 요시다가 놀려댔다.

유키치는 그 사이에 제비를 만들고 있었다. 원고지를 찢어 13개를 만들었다. 그 자리에 있던 기자의 숫자가 마침 13명이었기에. 이제 사와다에 대해서 이야기하는 사람은 아무도 없었다. 모두가 어떤 불안감에 휩싸여 있었다. 제비를 만들고 있는 유키치도 어딘가 묵직하고 묘한 불안을 마음속으로 느꼈다. 만약 당첨 제비가 내 손에 남게 되면, 그때는 어쩌지. 유키치는 건강염려증이 있었기에 이번 감모도 극단적으로 두려워하고 있었다. 회사 안에서 누구보다 먼저 마스크를 산 것도 유키치였다. 붕산으로 양치질도 하고 있었다. 기나 나무의 껍질로 만든 알약도 예방을 위해서 수시로 먹었다. 그만큼 필사적으로 감모를 두려워하고 있는 유키치에게 있어서 하룻밤을 위험한 시체 옆에서 보내야 할지도 모른다는 생각은 상당히 불안한 것임에 틀림없었다. 그러나 그와 같은 불길한 마음은 아마도 모두가 똑같이 가지고 있는 마음이리라. 도다나 요시다 같은 성격을 가진 사람들은 그것을 노골적으로 드러내고 있는 데 반해서, 쓰노다 노인이나 가와사키는 단지 묘한 인정에 얽매여 말을 삼가고 있는 것일 뿐이리라. 어쨌든 사람들 모두 마음속에서는 밤샘을 필사적으로 피하려 하고 있었다. 그것은 정당하고도 당연한 마음이었다. 우정을 느끼고 있는 것도 아닌 사와다를 위해서 전염의 위험까지 무릅써가며(생명의 위험까지 무릅쓴다고 해도 과언은 아니리라.) 추운 겨울밤을 언 몸으로 새워야 하는 걸까. 그런 일을 할 근본적인 필요가 있는 걸까. 동료로서의 선의, 인정, 교제, 참된 감정이 담겨 있지 않은 그런 표면적인 것을 위해서 이렇게까지 모두가 불쾌한 마음을 느끼지 않으면 안 되는 걸까 하고 유키치는 생각했다.

마침내 제비가 완성되었다.

"2명을 뽑기로 하겠습니다. 혼자서는 도저히 마음이 내키지 않으리라 여겨지니 둘이서 가도록 하겠습니다."라고 유키치가 설명했다. 당첨 제비가 하나만 있는 것이 걸릴 확률은 적지만, 혼자서 가야한다는 두려움을 생각했는지 2사람이 가는 제도에 모두가 찬성인 듯했다.

제비가 완성되자 외투를 입은 채 우물쭈물하고 있던 도다가 가장 먼저 자리에서 일어나 다가왔다.

"그럼, 나 먼저 뽑게 해주게."라고 말하며 기세 좋게 제비를 하나 뽑았다. 그러나 제비를 펼쳐야 할 순서가 찾아오자 그 기세 좋던 도다의 얼굴이 창백하게 굳어가는 것을 유키치는 느낄 수 있었다.

제비가 하얀 것을 보고 얼굴을 붉게 물들인 도다는,

"아아, 됐다, 됐어. 좋아, 아주 좋아."라고 말하며 만약 옆에 아무도 없었다면 펄쩍펄쩍 뛰기라도 할 듯한 모습을 보였다.

"이걸로 나는 당당히 퇴근할 수 있게 되었군."이라고 말하며 도다는 도망치듯 밖으로 나가버렸다.

모두 입을 다물고 있었다. 그러나 분명히 도다를 부러워하고 있었다. 유키치도 도다가 부러웠다.

"그럼, 나도 뽑기로 하지.", "나도 하나."하며 모두가 유키치의 손에서 제비를 뽑았다. 하나같이 도다처럼 긴장된 표정으로 조심조심 펼쳐보고 있었다. 유키치는 들고 있는 제비가 줄어들 때마다 이제 슬슬 누군가 걸릴 때가 되었다며 기다리고 있었다. 그러나 유키치의 손에 남아 있는 제비는 이제 4개밖에 되지 않았지만 당첨 제비는 아직 하나도 나오지 않았다. 제비뽑기에서 벗어난 사람들은 난롯가에 모여 다시 사와다에 대해서 이야기하기 시작했다. 유키치는 자신에게 점점 다가오고 있는 위험을 느꼈다. 자신의 손으로 제비를 만들었으니 자신이 뽑히면 뱃속은 편하리라 여겨졌다. 마침내 제비가 3장 남았을 때, 지금까지 원고를 쓰고 있던 요시노(吉野)라는 사내와 이마이(今井)라는 사내가 와서 제비를 뽑았다. 두 사람 모두 당첨 제비였다.

'아아, 다행이다!' 유키치는 자신도 모르게 소리 높여 이렇게 외치고 싶었을 정도였다.

이마이와 요시노는 입사한 지 아직 6개월도 지나지 않은 사람들이었다. 평소 늘 궂은 일만 도맡아서 하고 있었다. 게다가 신입의 서러움이라고 해야 할지, 이러한 당첨에 대해서도 항의 한마디 할 수 없었다. 그랬기에 두 사람 모두 침울

해지고 말았다.

"저는 어젯밤 시타야(下谷)의 화재 때문에 3시 무렵까지 잠을 자지 못했습니다만."하고 이마이가 머뭇머뭇 유키치에게 말했다.

유키치는 이마이가 평소 순종적이기에 여러 가지 어려운 일이나 사람들이 꺼려하는 일을 떠맡아왔다는 사실을 동정하고 있었다. 그러나 이번에는 어쩔 수가 없었다.

"그럼 지금부터 바로 자다가 11시 무렵에 나가도록 해주세요. 그때까지는 누군가 가 있는 사람이 있겠죠. 저도 형편을 봐서 가려하고 있습니다."라고 유키치는 말했다. 제비뽑기를 해서 두 사람을 억지로 가게 한 이상 초저녁에라도 얼굴을 내미는 것이 당연한 일이라고 생각했기 때문이었다.

"밤샘은 요시노 군과 이마이 군으로 결정되었습니다만, 저녁에라도 시간을 내서 얼굴을 내밀어주시기 바랍니다."라고 유키치는 모두에게 말했다.

그러나 모두 입을 다물고 있었다. 제비뽑기에서 벗어난 사람들은 작은 행복감에 잠겨 있는 듯했다. 유행성 감모로 덧없이 세상을 떠나버린 사와다를 가장 불행한 사람이라고 한다면, 이 추운 밤에 위험한 병실에서 밤샘을 해야 하는 사람은 그 다음으로 불행한 사람이었다. 그 두 가지 위험에서 깨끗하게 벗어났다는 행복한 의식이 모두의 마음속에 잠겨 있는 듯했다.

"요시노 군, 한잔 걸치고 나면 기운이 날 테니 고생 좀 해주게. 이것도 다 세상의 인정이라고 할 수 있으니. 하하하 하하."하고 도쿄 사람 기질의 요시다가 요시노를 놀려대고 있었다. 요시노는 난로의 불을 바라본 채 멍하니 생각에 잠겨 있었다.

이마이는 이마이대로 책상에 앉아 턱을 괸 채 말이 없었다.

"모두 거금(醵金)하여 이마이 군과 요시노 군을 위로하는 게 어떻겠습니까?"라고 유키치가 말했다. 그러나 아무도 동조하는 사람이 없었다. 이마이와 요시노는 웃음기조차 보이지 않았다.

그때 교환대의 여자가,

"후지타 씨, 야마모토 씨한테서 전화!"라고 커다란 목소리로 외쳤다. 살짝 긴장이 흘렀다. 야마모토가 건 전화라면 사와다의 죽음에 관한 전후사정을 알 수 있으리라 여겨졌기 때문이었다. 후지타는 예의 성급한 태도로 책상 위의 수화기를 들었다.

"아하, 그랬군. 그래.", "그래서."라는 식으로 후지타는

열심히 대답을 하는가 싶더니, 수화기를 휙 내려놓고,

"기무라 씨, 사와다 군의 시신은 적십자병원에 있답니다."라고 말했다.

"적십자병원! 아이고, 그렇다면 시체실로 옮겨졌군요. 시체실에서의 밤샘, 아아, 그보다 끔찍한 일도 없지."라고 그런 경험이 있었던 듯한 요시다가 눈썹을 찌푸리며 요시노와 이마이 쪽을 보았다. 그 순간, 이마이와 요시노의 얼굴은 슥 창백해져버리고 말았다. 유키치도 순간적으로 휑뎅그렁한 건물 속의 황량한 시체실 모습을 상상했다. 불기도 따뜻한 차도 있을 것 같지 않았다. 시체실에서 타인(동료라는 사소한 관계를 제외하고 나면 감정적으로는 완전한 타인)의 시체 옆에서 전염에 대한 위험과 추위에 떨며 하룻밤을 보내야 하는 이마이와 요시노의 입장을 생각해보니, 유키치는 비록 남의 일이기는 했으나 마음이 어두워졌다. 그 어둠 속에서 사회적인 묘한 허위, 자신의 진짜 감정을 숨기고 표면적인 명목 때문에 괴로워하지 않으면 안 되는 관습과 같은 것에 대한 반항이 불끈불끈 움직이고 있는 것이 느껴졌다.

"병원의 시체실, 그런 곳에서 밤샘을 한다는 건 견딜 수 없는 일이야, 이런 밤에. 병원이라니 밤샘은 하지 않아도 되지 않을까요?"라고 유키치가 후지타에게 말했다.

"그렇겠네요."라고 찬성했다. 이마이와 요시노는 되살아난 사람처럼 마음이 놓이는 모양이었다.

*

사와다의 고향으로 전보를 쳤으나 답장조차 오지 않았다. 고향의 형과 싸움 끝에 집에서 뛰쳐나온 것이라는 말은 누군가가 했었다. 사와다의 죽음을 듣고 모여든 회사 밖의 친구도 없었다. 쓰노다 노인과 야마모토가 애를 써주어서 유해는 오치아이(落合)의 화장터에서 뼈가 되었다. 그 유해를 어디에 맡겨야 할지가 문제가 되었다. 누군가가 다시 사와다의 납골당주식회사 계획에 대한 이야기를 꺼냈다.

31일이었으리라. 마침내 고향의 형이라는 사람에게서 엽서가 왔다.

배계

못난 동생의 죽음을 바로 알려주셔서 참으로 감사합니다. 바로 상경해야 했으나 연말의 바쁜 시기이기에 시간을 비울 수가 없어서 여러 가지로 폐를 끼친 점, 뭐라 말씀드리기 어려울 정도로 송구합니다. 소생의 대리로 도쿄 시 시타야구 초자마치(長者町) 12번지에 살고 있는 가미야 다헤이(神谷多平)라는 자를 보낼 테니 그 사람에게 유골을 건네주시기 바랍니다. 그리고 이네지로 재직 중의 적립금 및 사망 시의 부의금 등이 있으면 동일인에게 건네주시기 바랍니다. 또한 이네지로의 유고 등이 있다면 그대로 사용하셔도 좋습니다.

사와다 나오아키(沢田直明)

×× 신문사장 귀하

라고 적혀 있었다. 그리고 자신의 이름 옆에 찍어놓은 도장이 편지를 한층 더 천박하게 해주고 있었다. 사람들 모두, 사체를 처리할 때는 얼굴조차 내밀지 않더니 동생이 남긴 얼마 되지도 않는 물건에 혈안이 되어 있는 듯한 형의 심사에 분개했다.

"적립금? 흥, 그런 게 있다면 나도 죽어보고 싶을 정도다."라고 예의 요시다가 엽서를 보며 말했다.

"오호, 유고라니 이건 그나마 좀 낫군. 그래도 핏줄이라고 사설기자라도 하고 있었던 줄 아나보지?"

"아니, 사와다 군의 일이니, 고향 사람들에게는 그렇게 띨떨어댔은지도 모르지."라고 모두가 엽서를 놓고 한바탕

잡담을 나누었다.

회사 사람들로부터 그 죽음을 간단히 취급받고 있는 것처럼, 피를 나눈 형제로부터도 간단히 취급받고 있다는 생각이 들자, 유키치는 사와다의 괴팍스러운 성격을 딱하게 생각하지 않을 수 없었다.

새해가 찾아왔다. 각 사람들 모두 새로운 무엇인가를 마음속에 느꼈다. 50세에 가까운 노기자까지도 역시 낡은 프록코트를 입고 힘차게 출근했다. 사내는 생생한 기운으로 가득 차 있었다. 사와다가 죽었다는 사실은 바늘로 찌른 것만큼의 그림자조차 남기지 않았다.

회사 사람 전원이 식당에 모여 축배를 들었다. 주필의 선창으로 만세를 세 번 외쳤다. 가벼운 취기를 느끼며 모두가 편집실로 돌아오자 감색 바탕에 희고 자잘한 무늬의 설빔을 입은 급사가 신년의 연하장이 한가득 담긴 상자를 책상 위에 쏟아놓았다. 모두, 각자 자신에게 온 연하장을 찾기 시작했다. 1장 찾아낼 때마다 조그만 기쁨을 느꼈다. 교제의 폭이 넓은 기자들은 삽시간에 삼사십 장의 연하장을 찾아냈다.

"사와다 이네지로 귀하. 사와다 군에게도 왔군."이라고 말하며 누군가가 1장을 뽑아들었다. 모두 잠깐 어두운 기분이 든 모양이었다. 그 사이에 유키치도 사오십 장쯤, 자기 앞으로 온 연하장을 찾아냈다. 대부분의 사람들이 자신에게 온 연하장을 전부 찾아냈을 즈음, 책상 한 귀퉁이에 사와다에게 온 연하장이 예닐곱 장 모여 있었다.

연하우편인지 뭔지 하는 것으로, 사와다가 죽기 전에 투함한 것인 듯했다.

지금까지 자신에게 온 연하장을 열심히 찾고 있던 요시다가, 무슨 생각을 한 것인지 사와다에게 온 연하장을 가지런히 추려서는,

"얘, 꼬맹아!"라고 외쳤다. 고무인형처럼 민활한 급사가,

"네."하고 나는 듯이 달려왔다.

"이거! 부전(附箋)을 붙여서 사와다 군에게 보내."라고 말하며 짐짓 진지한 표정으로 엽서 뭉치를 내밀었다.

"보낼 수 없습니다."라고, 농담인 줄 알아들었기에 하얀 얼굴에 뺨이 통통한 급사가 생글생글 웃으며 대답했다.

"왜 못 보내? 저승 우편국 전송."이라고 말하며 요시다는 자신이 하하하하하 웃음을 터뜨렸다.

모두가 요시다의 농담에 일제히 웃음을 터뜨렸다. 유키치도 별소리를 다하는군, 싶었다. 그러나 불쾌하지는 않았다. 가까이 있던 사람의 죽음이 모두의 살아 있다는 기쁨을 더욱

선명하게 해주는 것일지도 몰랐다. 가까이 있던 사람이 허망하게 죽었는데 자신은 무사히 새해를 맞이했다, 그런 무의식적인 기쁨이 모두의 마음을 평소보다 더 들뜨게 만든 것일지도 모르겠다고 유키치는 생각했다.

감모의 병상에서感冒の床から

요사노 아키코与謝野晶子

요사노 아키코

　1878년에 오사카 부 사카이 시에서 태어났다. 사카이 여학교를 졸업한 후, 요사노 뎃칸이 주재한 도쿄 신시사(新詩社)의 사우가 되었으며 『명성(明星)』에 단가를 발표했다. 1901년에 발표한 첫 번째 가집 『헝클어진 머리카락』에서 분방한 사랑의 정열을 노래하여 반향을 일으켰다. 같은 해에 뎃칸과 결혼하여 함께 낭만주의 시가운동을 추진하는 한편, 사회문제에 관한 평론, 문화학원 창립 등 여러 방면에서 활약했다. 「겐지모노가타리」를 현대어로 번역했다.

이번 감기는 세계 전체에서 유행하고 있다고 합니다. 감기까지가 교통기관의 발달에 따라 세계적인 것이 되어버렸습니다.

이 감기의 전염성이 급격한 데에는 정말 놀라지 않을 수 없습니다. 저희 집도 아이 하나가 소학교에서 전염되어 오자 집안 전체가 차례차례로 전염되고 말았습니다. 단지 지난 여름에 비젠(備前)의 바닷가에 다녀온 두 사내아이만은 오늘까지 아직 감기를 앓고 있지 않기에, 해수욕의 효과가 이렇게도 큰 걸까 감탄하고 있습니다.

도쿄와 오사카(大阪)에서도 이번 감기로 급성 폐렴에 걸려 죽은 사람이 많다는 사실은, 신문에 사망광고가 늘었다는 점으로도 상상해볼 수 있습니다. 문단에서 갑자기 시마무라 호게쓰[3] 씨를 잃은 것도 이번 감기가 가져다준 커다란 손해

---

3) 島村抱月(1871~1918). 문예평론가, 연출가, 극작가, 소설가, 시인으로 활동했다, 신극운동의 선구자 가운데 한 사람이다.

가운데 하나입니다.

도둑을 보고 난 뒤에 새끼줄을 꼬는 일본인의 편의주의가 이런 경우에도 눈에 띕니다. 유치원도 전부, 소학교나 여학교도 전부, 학생이 7, 8할 가까이 감기에 걸려버리고 난 뒤에야 간신히 상담회 등을 열어 며칠인가의 휴교를 결정했습니다. 어느 학교에나 학교의(學校醫)라는 사람이 있지만, 위생상의 예방이나 응급수단에 대해서는 불친절하기 짝이 없다고 합니다. 쌀소동이 일어나지 않으면 물가 폭등의 고통을 유산계급은 알지 못하고, 학생들의 동사(凍死)를 직접 보지 않으면 비과학적인 등산여행의 위험을 교육계가 알지 못하는 것과 마찬가지로, 일본인에 공통된 목전주의(目前主義)나 편의주의적 성벽에서 오는 것이라고 생각합니다.

쌀소동 때에는 주요한 도시에서 5명 이상 무리지어 걷는 것을 금지했습니다. 전염성이 급격한 감기의 피해는, 쌀소동의 일시적이고 국부적인 피해와 달라서, 순식간에 대다수 인간의 건강과 노동력을 앗아갑니다. 정부는 어째서 좀 더 선제적으로 이 위험을 방지하기 위해 대형 포목점4), 학교, 흥행물, 대형 공장, 커다란 전람회 등 많은 사람들이 밀집하는 장소의 일시적 휴업을 명령하지 않은 걸까요. 그러면서도

---

4) 훗날 백화점으로 발전한다.

경시청의 위생과는 신문을 통해서 이러한 때에는 가능한 한 여러 사람이 모이는 곳에는 가지 않는 것이 좋다고 경고하고 있으며, 학교의도 역시 마찬가지 말로 아이들에게 주의를 주고 있습니다. 사회적 시설에 통일성과 철저함이 부족하기 때문에 국민이 피할 수 있는 재앙을 얼마나 많이 피하지 못하고 있는지 모릅니다.

이번 감기는 고열을 일으키는 경우가 많은데, 열을 그냥 내버려두면 폐렴을 유발하기에 해열제를 복용하여 열의 진행을 꺾을 필요가 있다고 합니다. 그런데 거리에 있는 대부분의 의사는 약의 가격 때문에 최상의 해열제인 미그레닌을 비롯하여 피라미돈을 처방하지 못합니다. 위에 좋지 않은 일본제 아스피린을 투약하는 것이 고작입니다. 일반 하층계급에서는 약국에서 산 해열제로 버티고 있습니다. 이런 상태이기에 환자도 빨리 낫지 않고 감기의 유행도 한층 더 심해지는 것 아닐까요? 민관공의 위생기관과 부호들이 협력하여 미그레닌이나 피라미돈을 중류 이하의 환자에게 염가로 판매하는 응급수단이 쌀의 염가판매와 마찬가지 의미에서 행해지면 좋으리라 생각합니다. 평등은 루소에게서만 시작된 것이 아니라 공자도 '가난을 근심하는 것이 아니라 평등하지 못한 것을 근심한다.'고 말했으며, 열자도 '평등함은 천

하의 지극한 이치다.'라고 말했습니다. 같은 시대에 단체생활을 함께 하고 있는 사람인데도, 빈민이라는 물질적 이유만으로 가장 유효한 제1위의 해열제를 복용하지 못해 다른 사람보다 더 괴로워하고 더 위험을 느껴야 한다는 것은, 오늘날의 새로운 윤리의식으로 생각해봐도 틀림없이 불합리한 일이라 여겨집니다.

○

실재가 동적 경험의 과정이라는 말을 가장 현저하게 실감케 해주는 것은 전쟁을 중심으로 한 세계의 최근 국면입니다. 여러 가지 복잡한 이유 때문일 테지만, 햇수로 5년 동안 늘 6, 7할의 승기를 잡고 있던 독일과 오스트리아 쪽이 최근 2, 3개월 사이에 갑자기 열세를 보이다 발트 양국의 항복에 이어 오스트리아의 화해, 독일 황제의 퇴위 요구까지로 추락해버린 것은 뜻밖입니다. 세계는 참으로 격동급변 속에 있습니다. 내일의 국면은 어떻게 될지, 학자도 신문기자도 전혀 예측할 수 없는 것이 지금의 실상입니다. 단지 광포한 전쟁 종식의 순간이 다가와, 평화 극복(克復)의 서광이 보이기 시작했다는 사실만은 모든 사람들이 예감하고 있습니다.

전쟁으로부터의 해방. 아아, 그 얼마나 기쁜 일일까요. 사랑이 어떻다는 둥, 정의가 어떻다는 둥 떠들어봐야, 죄악 가운데서 가장 커다란 죄악인 전쟁을 하는 동안에는 윤리와 실행 사이의 모순 속에서 늘 양심을 배반하고 있는 셈입니다. 작은 선을 아무리 쌓아봐야 커다란 악에 대한 속죄는 되지 않습니다. 전쟁이 끝나면 이 모순에서 벗어날 수 있습니다. 아이들에 대한 가정과 학교의 윤리도 비로소 떳떳하지 못한 부분이 없어져, 부모도 교사도 양심의 가책을 느끼지 않을 수 있게 됩니다. '병(兵)은 궤도(詭道)다.'라고 손자도 2천 년 전에 말했습니다만, 저희는 지금 늦게나마 전쟁이 비인도적, 비문명적 행위임을 진실로 통감했습니다. 전쟁이 대대적이었던 만큼 세계 인류 대다수의 가슴에 전쟁의 해악이 깊이 인식되었습니다. 이것이 예전의 전쟁과 다른 점으로, 이제 앞으로는 대다수 사람들의 승인을 얻지 않은 채 소수 권력자만의 전단으로 전쟁을 시작하는 난폭한 행동은 불가능해졌다는 것은 이번 전쟁 덕분이라고 생각합니다.

저는 앞으로 특히 주의해서 외국의 소식을 접해야겠다고 생각하고 있습니다. 강화가 어떤 식으로 실현될지. 중부유럽과 근동에 몇 개의 민주국이 건설될지. 민족자결주의라는 문제가 어디까지 사실화될지. 교전 각국의 거대한 전비가 어떻게 정리될지, 전후에 찾아올 것이라 예상되고 있는 세계의 경제전이 어떤 식으로 진전될지, 영구적 평화를 보장하는 국제동맹이 과연 유효하게 성립될지, 출정한 남자들을 대신하여 점유했던 서구 여성들의 직업이 전후 어느 정도까지 여성의 손에 유지될지, 저희 여성이 남성과 함께 주시해야 할 커다란 문제들이 속속 발생하고 있습니다. 이는 먼 나라의 문제가 아니라 전부 저희 일본인에게 영향을 주는 문제입니다. 이처럼 동요가 매우 심한 시대에는 깊이 주의하지 않으면 세계의 새로운 흐름에 뒤처져 세상물정에 어두운 고루한 사람이 될 우려가 있습니다.

어느 나라나 육군의 군인이라는 자들은 마차를 끄는 말처럼 자신의 전문분야 외에는 알지 못해서 세계의 문명에 뒤처져 있는 자들뿐입니다만, 독일은 그 군인의 만용으로 그릇된 판단을 하여 이번 전쟁을 일으켰고, 또 세계의 증오를 사서 결국에는 실패하고 말았습니다. 독일과 오스트리아도 앞으로는 세계의 문명에 밝은 총명한 국민 자신의 지지에 의해 부흥할 것입니다. 전승국인 일본에서는 독일과 반대로 군인의 위력이 더욱 강해질지도 모릅니다. 저희는 군인의 의견에 맹종해서는 안 되며 저희의 자아를 가지고 직접 세계 문명에 접촉하고, 비판하고, 취사(取捨)해야 한다고 생각합니다.

이번 기회에 이 글을 통해서 하라(原) 내각의 외무부장관과 내무부장관 및 경시총감에게 주의를 주고 싶습니다. 일본의 시베리아 출정에 한 점의 침략적 야심도 없다는 사실은 말할 필요도 없는 일이지만, 도쿄 전차 안의 광고에 '집어삼켜야 할 시베리아 들판. 더욱 마셔야 할 사쿠라마사무네5)'라고 적혀 있는 것은 부당한 일 아니겠습니까? 거기에는 말에 탄 군인의 그림까지 덧붙여져 있습니다. 시영전차의 이런 광고를 눈감아준다는 것은 다지리 시장에게도 책임이 있다고 생각합니다.

---

5) 桜正宗. 일본의 낭로회'가.

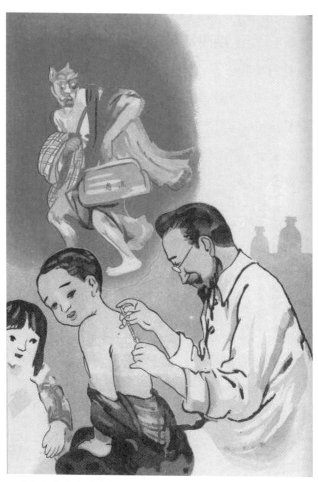

스페인 독감 유행 당시의 포스터

마스크マスク

기쿠치 간菊池寛

겉모습만은 살이 쪘기에 사람들에게는 매우 건강한 것처럼 여겨지지만, 사실 내장이라는 내장 모두가 평범한 사람 이하로 위약하다는 점은 내 자신이 가장 잘 알고 있었다.

야트막한 언덕을 올라도 숨이 찼다. 계단을 올라도 숨이 찼다. 신문기자를 하던 시절, 각 관공서 등의 커다란 건물 계단을 달려 올라가면, 목표로 한 사람의 방에 들어간 뒤에도 숨이 차서 갑자기는 이야기를 시작할 수 없던 적도 있었다.

폐도 그다지 튼튼하지 않았다. 심호흡을 할 생각으로 숨을 들이마셔도 어느 정도까지 들이마시고 나면 바로 가슴이 괴로워져서 그 이상은 아무래도 들이마실 수가 없었다.

심장과 폐가 안 좋은 데다가 작년쯤부터는 위장에도 탈이 나고 말았다. 내장 가운데 튼튼한 곳은 한 군데도 없었다. 그런데도 몸만은 살이 쪘다. 일반 사람들의 눈에는 언제나 건강하게 보인다. 스스로는 내장이 약하다는 사실을 백번

천번 알고 있으면서도 다른 사람으로부터 '건강해 보인다. 건강해 보인다.'라는 말을 들으면, 그런 말을 들었다는 데서 일종의 허황된 자신감을 갖게 된다. 용모가 좋지 않은 여자라도 주위 사람들로부터 무슨 말인가를 들으면 스스로도 '용모가 그렇게 빠지는 건 아닌 모양이야.'라고 생각해버리는 것처럼.

사실은 몸이 약하지만 '건강해 보인다.'는 말에서 오는 잘못된 건강상의 자신감이라도 가지고 있던 때가 그나마 듬직했다.

그런데 작년 말, 위가 심하게 망가져서 의사의 진찰을 받았을 때, 그 의사가 상당히 강렬한 환멸감을 심어주었다.

의사는 나의 맥을 짚고 있었는데,

"어? 맥이 없습니다. 이럴 리가 없는데."라고 고개를 갸웃거리며 무엇인가에 귀를 기울이는 듯했다. 의사가 그렇게 말한 것도 당연한 일이었다. 언제부터인지는 모르겠으나 나의 맥은 미약해져 있었다. 내가 오랜 시간 가만히 짚어보아도 있는 듯 없는 듯, 희미하게 느껴질 뿐이었다.

의사는 나의 손을 쥔 채 1분 동안이나 가만히 말이 없다가,

"아아, 있기는 있습니다만. 흔치 않을 정도로 약합니다.

지금까지 심장에 대해서 의사에게 무슨 말인가 들은 적 없었습니까?"라며 약간 진지한 표정을 지었다.

"없습니다. 물론 지난 2, 3년 동안 의사의 진찰을 받은 적도 없었습니다만."하고 나는 대답했다.

의사는 말없이 청진기를 흉부에 댔다. 바로 거기에 숨겨져 있던 나의 생명의 비밀을 들켜버릴 것만 같아서 기분이 좋지 않았다.

의사는 몇 번이고 몇 번이고 청진기를 다시 가져다댔다. 그리고 심장 주위를 밖에서부터 꼼꼼하게 살펴보았다.

"고동이 클 때라도 살펴보지 않으면 정확한 사실은 파악하기 어렵지만, 아무래도 심장 판막의 폐쇄가 불완전한 듯합니다."

"그건 병인가요?"라고 나는 물어보았다.

"병입니다. 다시 말해서 심장이 불완전한 것인데 어떻게 덧붙일 수도 어쩔 수도 없습니다. 무엇보다 수술이 불가능한 곳이니까요."

"생명에 지장이 있나요?" 내가 조마조마한 심정으로 물어보았다.

"아니, 그렇게 살아가실 수 있으니 소중하게만 사용하신다면 괜찮습니다. 그리고 심장이 오른쪽으로 조금 커져 있는 듯합니다. 너무 살이 쪄서는 안 됩니다. 지방심6)이 되면 각기충심7)에 덜컥 걸리는 경우도 있습니다."

의사의 말에는 어디 하나 좋은 구석이 없었다. 심장이 약하리라는 점은 진작부터 각오를 하고 있었지만 이렇게까지 약할 줄은 몰랐다.

"조심하셔야 합니다. 불이 났을 때도 갑자기 달리거나 해서는 안 됩니다. 얼마 전에도 모토마치(元町)에서 불이 났을 때, 스이도바시(水道橋)에서 각기충심이 일어나 목숨을 잃은 사람이 있었습니다. 부르러 왔기에 가서 진찰을 했습니다만, 심장이 아주 약한데 집에서부터 10정8) 가까이나 쉬지 않고 달린 듯했습니다. 당신도 조심하지 않으면 언제 덧없이 그런 일을 당하게 될지 알 수 없습니다. 무엇보다 싸움 같은 걸 해서 흥분해서는 안 됩니다. 열병(熱病)도 금물입니다. 티푸스나 유행성 감모에 걸려 40도 정도의 열이 사나흘쯤 계속되면 더는 연명하시기 어려울 겁니다."

이 의사는 마음을 안정시키거나 얼버무리려는 듯한 말은 조금도 하지 않는 의사였다. 그러나 거짓말이어도 좋으니

---

6) 심장 바깥막 아래에 지방조직이 두드러지게 늘어난 상태.
7) 비타민 B₁이 부족하여 일어나는 각기 증세가 심해져 심장을 앓게 되는 병.
8) 1정은 약 109m.

좀 더 안심이 되는 말을 해주었으면 좋겠다고 생각했다. 이 정도로 내 심장이 위험하다는 말을 노골적으로 듣고 나자 나는 일종의 허탈감이 느껴졌다.

"뭔가 예방법이나 양생법은 없습니까?"라고 내가 최후의 활로를 모색하자,

"없습니다. 단, 지방류를 섭취하셔서는 안 됩니다. 육류나 기름진 생선 등은 가능한 한 피하시기 바랍니다. 담백한 채소를 드셔야 합니다."

나는 '아이고 세상에.'라고 생각했다. 먹는 것이 가장 큰 즐거움이라고 해도 좋을 내게 이러한 양생법은 치명적인 것이었다.

이런 진찰을 받고 난 이후, 생명의 안전이 시시각각으로 위협받고 있는 듯한 기분이 들었다. 특히 마침 그 무렵부터 유행성 감모가 맹렬한 기세로 유행하기 시작했다. 의사의 말에 따르자면 내가 유행성 감모에 걸리는 것은 곧 죽음을 의미했다. 게다가 그 무렵 신문에 빈번하게 실린, 감모에 대한 의사의 이야기 가운데서도 심장의 강약이 승부처라는 의미의 말이 몇 번이고 되풀이되고 있었다.

나는 감모에 대해서 완전히 겁을 먹었다고 해도 좋았다. 나는 가능한 한 예방해야겠다고 생각했다. 최선의 노력을

다해서 걸리지 않도록 해야겠다고 생각했다. 다른 사람들이 겁쟁이라고 비웃든지 말든지, 걸려서 죽어서는 참을 수 없을 것이라고 생각했다.

나는 극력 외출을 하지 않기로 했다. 아내도 하녀도 가능한 한 외출을 시키지 않기로 했다. 그리고 아침저녁, 과산화수소수로 양치질을 했다. 어쩔 수 없는 용건으로 외출을 할 때는 거즈를 잔뜩 넣은 마스크를 썼다. 그리고 나갈 때와 돌아왔을 때 정성껏 양치질을 했다.

그렇게 나는 만전을 기했다. 그러나 찾아오는 손님은 어쩔 수가 없었다. 감기가 이제 막 떨어져서 아직 기침을 하는 사람이 찾아왔을 때는 내 마음이 어두워졌다. 나와 이야기를 하던 친구가 이야기를 나누는 도중에 열이 점점 올라 집까지 데려다주었는데, 그 후부터 40도의 열이 났다는 소식을 들었을 때는, 이삼일 정도 기분이 좋지 않았다.

매일 신문에 나오는 사망자 수의 증감에 따라서 나는 일희일비했다. 날마다 늘어나서 3,337명까지 가더니 그것을 최고 기록으로 근소하기는 하나 점점 감소하기 시작했을 때는 나도 안심했다. 그래도 자중했다. 2월 내내 거의 외출을 하지 않았다. 친구는 물론 아내까지 나의 소심함에 웃었다. 나 스스로도 약간 신경쇠약의 히포콘드리아시스(건강염려증)에 걸렸구나 싶었다. 그러나 감모에 대한 나의 공포는 아무래도 숨길 수 없는 실감이었다.

3월에 들어 추위가 하루하루 물러남에 따라서 감모의 위협도 점점 줄어들기 시작했다. 이제 마스크를 쓴 사람은 거의 없었다. 그러나 나는 여전히 마스크를 벗지 않았다.

"병을 두려워하지 않고 전염의 위험을 감수하는 것은 야만인의 용기야. 병을 두려워하여 전염의 위험을 철저하게 피하는 것이 문명인의 용기지. 누구도 더는 마스크를 쓰지 않을 때 마스크를 쓴다는 것은 이상한 일이야. 하지만 그건 겁쟁이가 아니라, 문명인으로서의 용기라고 생각해."

나는 이런 말들로 친구들에게 변명했다. 또 마음속으로도 얼마간은 그렇게 믿고 있었다.

3월이 끝날 무렵까지 나는 마스크를 버리지 않았다. 이제 유행성 감모는 도회지를 떠나 산간벽지로 갔다는 기사가 종종 신문에 실렸다. 그래도 나는 아직 마스크를 버리지 않았다. 이젠 거의 누구도 쓰는 사람이 없었다. 그래도 우연히 정류장에서 기다리고 있는 승객 가운데 한 사람 정도 검은 천 조각으로 코와 입을 가리고 있는 사람을 발견할 수 있었다. 나는 매우 듬직한 기분이 들었다. 일종의 동지이자, 지기인 것 같은 기분이 들었다. 나는 그런 사람을 찾아냄으로 해서 나 혼자서만 마스크를 쓰고 있다는 일종의 부끄러움에서 벗어날 수 있었다. 내가 참된 의미에서의 위생가이자, 생명을 극도로 아낀다는 점에서 한 명의 문명인이라는 식의 자부심마저 느껴졌다.

4월이 되고, 5월이 되었다. 요란을 떨던 나도 마스크를 쓰지 않았다. 그런데 4월에서 5월로 넘어가려던 무렵이었다. 유행성 감모가 다시 되돌아왔다는 기사가 두어 개의 신문에 등장했다. 나는 지긋지긋했다. 4월, 5월이 되었는데도 여전히 감모의 위협에서 충분히 벗어나지 못했다는 사실이 견딜 수 없이 불쾌했다.

그러나 그 요란을 떨던 나도 더는 마스크를 쓸 마음은 들지 않았다. 낮에는 초여름의 태양이 세상을 따끈하게 비치고 있었다. 그 어떤 구실이 있다한들 마스크를 쓸 도리는 없었다. 신문의 기사가 마음에 걸리기는 했지만, 기후의 힘이 내게 용기를 심어주었다.

마침 5월 중순이었다. 시카고에서 야구단이 와서, 와세다 (早稲田)에서 매일처럼 시합이 열렸다. 제국대학과의 시합이 있는 날이었다. 나도 오랜만에 야구가 보고 싶다는 기분이 들었다. 학생 시절에는 야구를 좋아하는 사람 가운데 하나였던 나도 지난 1, 2년 동안에는 거의 보지를 못했다.

그날은 쾌청하다고 해도 좋을 정도로 아주 맑았다. 푸른 잎에 덮여 있는 메지로다이(目白台)의 고지대가 보는 눈을 상쾌하게 했다. 나는 전차의 종점에서 내려 운동장 쪽을 향해 뒷길을 걸었다. 그 부근의 지리는 매우 상세히 알고 있었다. 마침 내가 운동장 주위의 울타리를 따라 입구 쪽으로 발걸음을 서두르고 있을 때였다. 불쑥 나를 따라잡은 스물세네 살쯤의 청년이 있었다. 나는 문득 그 남자의 옆얼굴을 보았다. 그랬더니 그 남자는 뜻밖에도 검은 마스크를 쓰고 있었다. 나는 그것을 본 순간 어떤 불쾌한 쇼크를 받지 않을 수 없었다. 그와 동시에 그 남자에게서 명백한 증오를 느꼈다. 그 남자가 어딘가 얄미웠다. 그 검게 불거진 검은 마스크에서 묘하게 요괴적인 추함까지 느껴졌다.

그 남자가 불쾌했던 첫 번째 원인은, 이렇게 날씨가 좋은데 그 남자 때문에 감모의 위협을 다시 떠올리게 되었다는데 있는 것이 틀림없었다. 그와 동시에 내가 마스크를 쓰고 있을 때는 가끔 마스크를 쓰고 있는 사람을 만나면 기뻤었는데, 내가 그것을 쓰지 않게 되자 마스크를 쓴 사람이 불쾌하게 보인다는 자기본위적 기분도 섞여 있었다. 그러나 그런 심사보다도 이런 것을 더욱 크게 느꼈다. 내가 어떤 남자를 불쾌하게 여긴 것은, 강자에 대한 약자의 반감 아니었을까?

마스크를 쓰는 일에 그렇게 열심이었던 나조차 기후 앞에서 그것을 쓰는 것은 아무래도 부끄럽다고 생각하고 있을 때, 용감하게 여전히 마스크를 쓰고 수천 명의 사람들이 모인 곳으로 당당하게 나선 태도는 상당히 철저한 강자의 태도 아닌가. 어쨌든 내가 세상의 시선과 기후 앞에서 하지 못하던 일을 그 청년은 용감하게 하고 있는 것이라고 생각했다. 그 남자를 불쾌하게 여긴 것은 그 남자의 그러한 용기에 압도당한 마음 때문이 아니었을까 나는 생각했다.

죽음의 공포死の恐怖

요사노 아키코与謝野晶子

악성 감모가 요즘처럼 극성스럽게 유행하여 건강했던 사람조차 발병 후 5일이나 7일 만에 목숨을 잃는 것을 보면, 평소 그저 '어떻게 살아야 하는가.'라는 의식만을 앞세워 하루하루를 보내고 있던 저희도 불교신자처럼 무상함이 느껴져 갑자기 죽음에 대한 공포를 의식하지 않을 수 없습니다. 물가의 폭등으로 인해 저희 정신노동자들은 지난 4, 5년 동안 음식물에 있어서 늘 영양결핍에 시달려왔으며, 간신히 기아를 모면하기에 노력하고 있습니다만, 지금은 그것 이상으로 위험한 죽음의 위협에 닥쳐 있다는 사실을 실감하고 있습니다.

죽음은 커다란 의문입니다. 그 앞에서는 모든 것이 공(空)으로 돌아갑니다. 분분한 인간의 시비성쇠도 죽음 앞에서는 전부 가치를 잃고 맙니다. 인생의 가치는 저희가 죽음의 손에 넘어가기 이전까지의 문제입니다. 이렇게 보자면 저희는 죽음에 대해서 아무것도 모르며, 단 한마디 말도 쓸 수 없다는 사실을 생각하지 않을 수 없습니다. 죽음은 망망한 하늘 건너편처럼 저희의 사고가 미치지 않는 다른 세계의 비밀입니다.

한편으로 선악, 정사(正邪), 비통, 환락의 상대가 '삶'이라고 한다면, 그들의 차별을 초월한 절대일여(絕對一如)의 세계는 '죽음'라고도 할 수 있을 것입니다. 이런 의미에서 '죽음'을 절대 안정이라고 해석할 수도 있습니다.

또 만법은 유전(流轉)하기를 멈추지 않고 무엇 하나 변하지 않는 것은 없음과 동시에, 무엇 하나도 멸하는 것은 없다고 생각한다면, 삶과 죽음 모두 요컨대 하나의 사물이 나타내는 2개의 변화에 지나지 않는다는 사실을 직감할 수 있습니다. 이런 의미에서 말하자면 절대는 상대 속에 있으며, 차별이 곧 평등이라는 사실을 생각하지 않을 수 없습니다. 살아서 즐거우면 죽음도 즐겁고, 죽어서 슬프다면 삶도 슬프고, 아니 오히려 희비고락의 교차가 절대 존재 그 자체라고 여겨지기도 합니다.

저의 체험을 말하자면 이 세 번째 자각이 제 현재의 죽음에 대한 공포를 크게 완화시켜주고 있다는 사실을 발견할 수 있습니다. 저는 틀림없이 죽음을 두려워하고 있습니다만, 개체인 저의 멸망이 안타까워서가 아니라 저의 죽음으로 인해 일어날 아이들의 불행을 예상하기에 가능한 한 살아 있고 싶다는 욕망 앞에서 죽음을 거부하는 것입니다. 절대 세계에 있어서 죽음은 조금도 두려워해야 할 이유가 없는 것입니다. 삶의 욕망과 상대하여 비로소 죽음도 두려워지는 것입니다.

죽음을 두려워하는 것도 '어떻게 살아야 하는가.'를 목적으로 삼고 있기 때문입니다. 삶의 욕망을 포기한다면 거기서는 절대 안정의 세계가 태어날 것입니다. 절대적인 죽음은 두려워할 필요가 없습니다. 오로지 상대적 죽음을 두려워하는 것입니다.

저는 지금, 목숨까지도 불안한 이 유행병의 시대에 무엇보다 인사를 다한 뒤 천명을 기다리자고 생각하고 있습니다. '인사를 다' 하는 것이 인생의 목적이 아니어서는 안 됩니다. 예를 들어 유행 감모에 대한 온갖 예방과 저항을 다하지 않은 탓에 덜컥 병독에 감염되어 죽음의 손에 사로잡히는 것은, 우둔하다고도 나태하다고도 비겁하다고도 말할 수 없을 만큼 유감스러운 일이라고 생각합니다. 예방과 치료를 위해 인위적으로 가능한 방법을 쓰지 않은 채, 유행 감모에 암살적 죽음을 강제해서는 안 됩니다.

지금은 죽음이 저희들을 포위하고 있습니다. 도쿄와 요코

하마(横浜)에서만도 매일 400명의 사망자가 나오고 있습니다. 내일은 저희가 그 불행을 맞이하게 될지도 모르지만, 저희는 어디까지나 '삶'의 깃발을 치켜들고 이 부자연스러운 죽음에 대해서 자신을 지키기에 총명해야 한다고 생각합니다. 세상에는 예방주사를 맞지 않겠다는 사람이 다수 있는데, 저는 그 사람들의 생명에 대한 대우가 소홀함에 전율을 느낍니다. 자신의 목숨을 가벼이 여기는 것만큼 야만적인 생활도 없습니다.

저는 가족과 함께 몇 번이고 예방주사를 실행하고 그 외에도 늘 양치질 약을 쓰고, 또 아이들 중 어떤 아이는 학교를 쉬게 하는 등 저희 입장에서 할 수 있는 모든 방법을 시행하고 있습니다. 이렇게 한 뒤라면 병에 걸려서 죽어도 그런 운명이었다고 체념할 수 있을 것입니다. 다행스럽게도 저희 집에서는 오늘까지 아직 한 사람도 환자가 나오지 않았으나, 내일에라도 저 자신을 비롯하여 누가 어떻게 될지 알 수 없는 일입니다. 죽음에 대한 인간의 나약함이 새삼스럽게 느껴집니다. 인간이 허세를 부릴 수 있는 것도 '삶'의 세계에서만의 일입니다.

저는 몇 해 전의 산욕으로 죽음을 두려워했을 때도, 오늘의 유행 감모에 있어서도 저 혼자만을 위해서라기보다 아이들의 부양을 위해서 삶에 대한 욕망이 깊어졌다는 사실을 실감하고 있기에, 사람은 부모가 되는 것과 그렇지 않은 것 사이에 삶에 대한 애집(愛執)의 밀도, 혹은 색채에 차이가 있다는 사실을 생각하지 않을 수 없습니다. 사람의 사랑이 자기 자신이라는 개체에 머물러 있을 때는 단순함과 또 얼마간은 무책임함에서 벗어날 수 없으나, 자손에 대한 사랑에서부터 나아가 전 인류에 대한 사랑에 이르기까지, 사랑이 복잡해짐과 동시에 사회연대에 대한 책임도 낳는 것이라고 생각합니다.

감모의 유행기가 얼른 지나 각 사람이 요즘처럼 육체에 대한 불안 없이 사유하고 노동할 수 있기를 기원합니다.

스페인 독감 유행 당시의 포스터

신처럼 나약한神の如く弱し

기쿠치 간菊池寛

1

유키치는 친구인 가와노9)가 2년 넘는 연애사건10) 이후
-그것은 실연사건이라고 해도 좋을 정도로 실연이 주를
이루고 있었다.- 사사건건 소심하고, 넋이 나간 사람 같고,
언제까지나 질질 미련이 남아서 사내다운 면을 조금도 보여
주지 못한다는 사실이 답답해서 견딜 수가 없었다.

가와노의 사랑에는 응하지 않고 하필이면 가와노에게는
둘도 없는 친구였던 다카다11)에게로 마음을 옮겨간 아가씨
와, 또 가와노에 대한 가벼운 구두약속을 깨면서까지 그것을
묵허(默許)한 아가씨의 어머니 S미망인12)에 대한 가와노

---

9) 유키치(雄吉)는 기쿠치 간 자신, 가와노(河野)는 나쓰메 소세키
(夏目漱石)의 제자인 구메 마사오(久米正雄)가 모델.
10) 구메 마사오는 나쓰메 소세키의 딸인 후데코(筆子)를 마음에
두었으나, 후데코가 역시 소세키의 제자이자 구메의 절친한 친
구인 마쓰오카 유즈루(松岡讓)와 결혼해버린 사건.
11) 高田. 마쓰오카 유즈루가 모델.
12) 소세키의 아내인 교코(鏡子)가 모델.

의 미적지근한 심사는, 유키치가 보기에 한심스럽기 짝이 없는 것이었다.

유키치는 자신이 만약 가와노였다면, 베거나 찌르는 것과 같은 짓은 자신의 교양이 허락하지 않는다 할지라도 사내답게 원한을 좀 더 단적으로 드러냈을 텐데 하고 생각했다. 그럼에도 불구하고 가와노는 맥이 빠져버린 사람처럼 되어버렸을 뿐만 아니라, 아가씨의 사랑이 자신에게 없다는 사실을 알자 자신의 몸을 희생하여 연적이라고 해도 좋을 다카다와 자신의 연인을 중매하려는, 자기희생적인 행동에 나서려 했다. 가와노는 그것을 인도주의적인, 고상한 행동이라도 되는 양 생각하고 있었다. 유키치는 그러한 가와노의 방식을 경멸했다. 자신이 버림을 받자 이번에는 곧 자신의 연인과 증오하지 않으면 안 될 연적을 중매하려 하다니, 그래서는 처음 지순하다고 여겨졌던 가와노의 사랑까지 겉만 번지르르한 가짜였던 것처럼 여겨지지 않는가, 라고 유키치는 생각했다.

게다가 가와노의 그러한 제의가 상대방인 다카다로부터 '쓸데없는 참견이야.'라는 식으로 매정하게 거절당하자, 이번에는 마지막 도피처로 귀향을 계획했고, 또 고향으로 돌아갔나 싶었는데 사흘 만에 벌써 외로움을 견디지 못해 도쿄로 돌아와버렸다.

그리고 자기 혼자서는 힘껏 버텨낼 힘이 없어서 매일처럼 번갈아가며 친구를 찾아가 같은 넋두리를 반복하고, 입에 발린 싸구려 동정으로 간신히 외로움을 달래고 있는 가와노의 태도도 유키치에게는 견딜 수 없이 답답한 것이었다.

그것도 호소키(細木)네 유키치 등처럼 극히 친한 친구가 가와노의 넋두리를 듣기에 지쳐서 더는 신선한 동정을 줄 수 없게 되자, 이번에는 고등학교 시절의 옛 친구나 그저 얼굴만 알고 지내던 사람들을 붙들고, 가와노는 변함없이 같은 말을 되풀이하고 있는 듯했다.

"만약 가와노가 그 실연을 꾹 눌러 참고 시골에서 6개월만 말없이 가만히 지냈다면 우리는 가와노를 얼마나 존경했을지 몰라. 가와노도 얼마나 사내답게 보였을지 몰라."라고 유키치는 호소키 등에게 이런 말을 곧잘 했다.

가와노의 실연은 그 물러터진 꼬리를 언제까지고 드리우고 있었다. 그리고 그 꼬리는 어느 틈엔가 방자하고 난잡하고 무절제한 생활로 변해 있었다. 그의 생활 어디에도 야무진 구석이라고는 없었다. 성격에서 모든 단단한 뼈를 뽑아내버린 것처럼 무슨 일을 하든 강한 의지가 없는 듯 보였다. 그리고 심지어는 지금까지의 친구들에게서 벗어나 언제부

턴가 방탕한 생활까지 시작했다. 그리고 자신에 대한 친구들의 존경과 신뢰에 스스로 먹칠을 하고 있었다.

그 무렵 유키치는 호소키나 후지타 등을 만나면 반드시 가와노에 대한 험담을 했다. 호소키 등과 오랜만에 만나서 3시간이고 4시간이고 쉴 새 없이 떠들고 난 뒤에, 전부를 계산해보면 대화의 3분의 2까지가 가와노의 과거와 현재의 한심한 행위와 생활에 대한 비난으로 가득했다. 실연 당시의 유약하고 미련 가득했던 태도와 그에 이은 망동과 현재 생활의 퇴폐한 점을 번갈아가며 이야기하곤 했다. 그 사실을 깨닫고 나자 유키치는 쓸쓸했다. 몰래 친한 친구의 험담을 한껏 해댄다는 것은 그 사실 자체가 상당히 천박하고 혐오스러운 짓임에는 틀림이 없었다. 그런데 대화 중간에 문득 그 사실을 깨달아,

"아아, 이거, 이거. 또 가와노의 험담을 하고 있었군."

하고 서로를 제지한 경우, 그 후에 나오는 이야기부터는 단번에 수많은 금지어가 생겨나기라도 한 것처럼 반드시 묘한 어색함이 느껴지곤 했다. 그리고 어느 틈엔가 이야기가 가와노의 험담으로 다시 되돌아가 있을 정도로 유키치 들은 가와노의 생활에 대한 비난이 마음 가득 들어 차 있었다.

유키치는 생각했다. 지금까지 우리 친한 친구들 사이에서

는 험담 따위 결코 한 적이 없었는데 가와노에 대해서만은 모두가 아무렇지도 않게, 조금도 양심의 가책을 받지 않고 얼마든지 험담을 계속할 수 있을 정도로 가와노는 친구들에 대해 위엄을 잃은 것이라고, 친구에 대한 위엄이나 친구들로부터의 신뢰를 잃는 것, 그것은 잃는 당사자에게도 잃게 되는 친구들에게도 상당한 비극임에 틀림없다고 생각했다.

특히 유키치는 호소키 등으로부터,

"그것 봐. 역시 자네가 신문소설 같은 걸 쓰게 한 것이 좋지 않았던 거야. 가와노를 가난하게 그냥 두었다면 지금쯤은 어려움을 겪는다 해도 건전하게 청정한 생활을 하고 있을 거야."라는 등의 말을 들을 때면 어딘가 멋쩍은 듯한 불쾌함이 느껴졌다. 가와노가 실연으로 괴로워하며 그와 동시에 물질생활의 불안에 위협받고 있을 때, 여러 친구들의 항의를 물리치고 신문소설을 쓰게 한 것이 유키치였다. 가와노가 호소키나 요시오카(吉岡) 등의 격렬한 반대에 부딪쳐 마침내 쓰지 않기로 결심하고 거절을 위한 대답을 유키치에게 가져왔을 때, 단호히 재고를 요청한 것도 유키치였다.

가와노와 마찬가지로 무자산의 가난뱅이인 유키치는 호소키나 요시오카 등보다도 더 가와노의 심정을 잘 알고 있었다. 실연과 동시에 모든 면에서 기력을 잃은 그에게는, 가난한 사람을 늘 따라다니는 물질상의 불안이 평소보다 더 맹렬하게 느껴지고 있었던 것이다. 그 불안을 없애는 것은 실연에 대한 대증법(對症法)은 아니라 할지라도 그의 마음을 조금이나마 가볍게 함으로 해서 간접적으로 얼마간은 그의 고뇌를 치유해주는 일이 되리라고 믿고 있었다. 유키치의 그러한 생각도 한때는 잘못되지 않은 것처럼 보였다.

"나는 신문소설을 쓴 덕분에 조금은 안정을 되찾았다고 해도 좋을 정도야. 그 무렵 친구들의 충고 가운데서는 자네의 것이 가장 적절했어."라고 가와노가 훗날 유키치에게 감사의 말을 한 적도 있었다. 그에 대해서 유키치도 내심 얼마간은 자부심을 느끼고 있었다. 그런데 가와노의 생활이 요즘처럼 방탕해지기 시작한 뒤부터는 마치 그 원인이 신문소설을 쓴 덕분에 얻은 비교적 넉넉한 물질상의 자유에 있는 것처럼 해석되었고, 따라서 그것을 쓰라고 권한 유키치까지 호소키 등으로부터 가벼운 비난의 대상이 되어 있었다. 그것도 유키치에게는 기분 좋은 일이 아니었다.

게다가 그 무렵에는 유키치의 지인이자, 동시에 가와노도 알고 있는 누군가를 만나면, 그 사람은 반드시 가와노에 대한 보고를 들려주었다. 마치 어린아이가 무엇인가 짓궂은 짓을 한 것을, 그것을 감독할 책임이 있는 부형에게 고자질이라도 하듯이.

"이보게! 가와노가 얼마 전 밤에 말이야……."라거나,

"자네가 아직 몰랐다니 놀랍군."이라는 식으로 말을 시작하여, 가와노가 이랬다는 둥, 저랬다는 둥 하는 말들을 얼마간 과장스러운 투로 들려주었다. 누구의 얘기를 들어보아도 가와노는 결코 좋은 역할을 맡고 있지는 않았다. 가와노는 사람이 좋고 마음이 약하기 때문에 그 점을 파고든 사람들에게 마음껏 이용당하고 있으며, 또 뒤에서는 바보 취급을 당하고 있다는 식으로 결론 내려지는 이야기들뿐이었다. 그리고 그들은 마지막에 반드시,

"자네들이 슬쩍 충고를 해주는 게 좋을 거야."라고 친절이라도 베푸는 양 덧붙였다.

유키치도 호소키나 후지타 등처럼 극히 친한 사람들 사이에서는 가와노에 대한 비난을 아무리 되풀이해도 그다지 불쾌하지는 않았으나, 자신들과 별로 친하지도 않은 사람에게서 그에 대한 비난이나 모멸을 들으면 역시 불쾌했다. 좀 더 어떻게 해주었으면 좋겠다고 생각하지 않을 수 없었다. 좀 더 반듯하게 행동해주었으면 좋겠다고 생각하지 않을 수 없었다.

가와노는 생활 상태가 어지러워졌을 뿐만 아니라 창작

방면에서도 동인잡지를 하던 때의 향상적인 이상 따위는 전부 버리고, 부인잡지 가운데서도 가장 저급한 잡지에 연속물을 쓰겠다는 등의 약속을 시작하고 있었다. 후지타 등은 그것을 알자 눈을 둥그렇게 뜨고 놀라며 한탄했다.

"나는 가와노가 방탕을 시작했다고 해서 그것을 이래저래 말하고 싶지는 않아. 아무리 방탕해도 상관없으니 창작 방면에서 좀 더 진지한 자세를 보여준다면 불만은 없을 거야. 또 창작 방면을 팽개칠 생각이라면 실생활 쪽에서 좀 더 야무지고 성실한 생활을 해주었으면 좋겠어. 가와노는 생활과 창작 모두를 내팽개쳤기에 더는 도울 방법이 없다고 생각해. 아무리 방탕을 해도 상관없어. 좋은 글을 써주기만 한다면 우리는 찍소리도 하지 않을 거야."라고 유키치는 호소키에게 말한 적이 있었다.

가와노의 생활 상태가 점점 어지러워지기 시작한 뒤부터는 유키치 들과의 교제도 점점 소원해지기 시작했다. 저녁 5시부터는 어떤 볼일이 있어서 찾아가도 집에 있는 적이 거의 없었다.

"가와노는 언제 찾아가도 집에 없어."라고 유키치 들은 저마다 이야기했다. 물론 집에 없다는 사실까지가 가와노에게 도덕적 책임이 있는 것은 아니었으나, 몇 번이고 거듭되다보니 그런 일부터 시작하여 묘하게 감정상의 어긋남을 만들어내고 있었던 것이다.

그러는 사이에 가와노는 유키치의 무리들과는 전혀 다른 친구를 만들어 놓고 있었다.

"자네들은 술을 못 마셔서 틀렸어. 내게는 역시 술친구 같은 것이 필요해."라며 가와노는 곧잘 그것을 변호했다. 또 사람이 좋아서 자기주장을 하지 않으며, 특히 취하면 더욱 유순해지는 가와노는 누구에게나 바로 친구로 받아들여졌다.

"그들과의 교제는 곁다리, 곁다리의 곁다리 같은 교제야. 자네들이 역시 첫 번째야."라고 가와노는 말한 적도 있었다. 그렇게 말하기는 했으나 가와노는 점점 지금까지의 친구들에게서 멀어져 새로운―동시에 교제의 흥미도 새로운― 친구들과 친하게 지내고 있는 것이 사실이었다. 서로 마주보고 있는 고지대와 고지대에 살고 있으면서도 가와노가 유키치를 찾아오는 일 따위는 거의 없었다. 언제 찾아가도 집에 없었기에 유키치 역시 방문할 마음이 들지 않았다.

올해에 들어, 친구들로만 조직되어 있는 모임에서 유키치들은 오랜만에 가와노를 만났다. 가와노의 생활에 대한 비난이 각자의 가슴속에서 하얗게 불타오르고 있었다. 가와노는 들어온 순간부터 험악한 분위기에 휩싸여 있었다. 호소키와 후지타가 묘한 이야기 끝에 가와노에 대한 평소의 비난을 마침내 입에 담고 말았다. 그것은 뒤에서 이야기하고 있는 가와노에 대한 험담 중 그저 비말이 튀어나온 것에 지나지 않았다. 그래도 가와노에게는 상당한 치명상인 듯했다. 유키치는, 뒤에서는 가와노의 험담을 가장 먼저 이야기하는 주제에, 막상 본인 앞에서는 한마디도 하지 못한 것이 부끄러웠다. 누구에게나 착한 사람이라 여겨지고 싶다는 자기적인 마음에서 입을 다물고 있었던 것이 아닐까 스스로에게 부끄러웠다. 역시 호소키나 후지타 등이 그런 직언을 할 만큼, 자신보다 가와노에 대해서 더 열성적인 것이다, 아무 말 없이 입을 다물고 있었던 자신이 가와노에 대해서 가장 냉담했던 것 아닐까 생각했다.

그러나 어쨌든 우연한 기회에, 장소가 조금 좋지 않기는 했으나 가와노에 대한 고언이 나왔다는 사실을 흔쾌히 여기지 않을 수 없었다.

그것으로 가와노의 생활이 조금이나마 야무진 모습을 되찾았으면 좋겠다고 생각했다.

그러나 그런 생각은 유키치의 헛된 소망이었다는 사실을 곧 깨닫게 되었다.

가와노가 호소키와 후지타 등의 충고를 '친구가 좋지 않다.'는 식으로 깊이 없이 받아들여 새로운 친구인 이마이 등에게 말했기에, 이마이 등이 호소키와 후지타 등에 대해서 악의를 품게 되었다는 사실을, 유키치는 신문의 가십을 통해서 알게 되었다. 그 사실을 안 순간 유키치는 가와노에 대한 마지막 애정이 완전히 식어버리고 말았다.

호소키와 후지타 등의 생활 근본 자체에 대한 비난을 소학교 학생끼리의 충고인 양 '누구누구랑 놀지 마.'라는 식으로 해석하고, 또 그 누구누구에게 바로 고자질하러 가는 태도에는 분노하지 않을 수 없었다.

친구를 잘못 사귀었다는 충고는 소학생, 적어도 중학생, 아무리 잘 봐주어야 고등학교 학생 정도까지에 대해서만 주어야 할 것이다. 벌써 서른 살 가까이나 되었고, 창작이라도 해보겠다고 생각하고 있는 사람에게 친구의 선악 따위가 문제가 되는 건가 싶었다. 전부 자기 자신의 문제 아닌가. 자기 생활의 심장에 향해진 비난을 정당하게 받을 용기가 없어서, 그것을 죄도 응보도 없는 친구에게 향하게 하려 하는 가와노의 사내답지 못한 나약한 태도를, 유키치는 경멸하지 않을 수 없었다. 이런 일은 자신의 가슴속에서 가만히 견뎌야 하는 것 아닌가, 그걸 자기 혼자서 참아내지 못해 친구를 비난의 소용돌이로 끌어들이고, 그들에게 의지함으로 해서 호소키 등의 충고로 인해 받은 쓸쓸함이나 고민에서 벗어나려 하고 있는 듯한 가와노의 나약함을, 유키치는 경멸하지 않을 수 없었다. 그와 동시에 일 때문도 아닌데, 전혀 모르는 사이도 아닌 이마이 등과 호소키, 후지타 등의 사이에 흠집을 내려는 것과 같은 가와노의 행동을, 유키치는 마음속에서 꽤나 격렬하게 비난했다.

호소키 등의 고언을 받아 완전히 의기소침해진 가와노에게는 동정심을 품고 있던 유키치도, 일이 이렇게 되자 조금의 호의도 남지 않게 되었다. 그의 태도를 힐책하는 편지를 보내자, 그 때문에 가와노와의 우정에 금이 가도 어쩔 수 없는 일이다, 어차피 이런 식으로 일이 진행된다면 조만간 결국에는 깨져버리고 말 것이다, 라고 생각했다.

그런데 유키치가 그런 편지를 써야겠다고 생각하고 있을 때였다. 유키치는 가와노로부터 이런 엽서를 받았다.

〈○○극단 일행들과 가와고에(川越)에 와 있다네. 오늘 극단 사람들과 함께 거리를 돌며 선전을 했네. 문득 뒤를 돌아보았더니 내가 타고 있는 차에도 가와노 슈이치(河野秀一)라는 깃발이 세워져 있어서 놀라지 않을 수 없었다네.〉

이런 간단한 글이 적혀 있었다. 유키치는 이를 본 순간, '가와노다운 반항이군.'이라고 생각했다.

'너희들이 충고하면 할수록 더욱 볼썽사나운 모습이 되어주도록 하지. 시골 배우들과 함께 가두선전 등을 하면 너희들은 또 짐짓 점잖은 척하며 비난을 하겠지.'라고 말하기라도 하는 듯한 가와노의 절망적 반항이 생생하게 눈에 보이는 것 같았다. 유키치는 가와노의 마음이 이렇게까지 꼬여 있는 이상, 나무라고 따져봐야 별 소용없는 일이라고 생각했다. 그대로 그만두기로 했다. 게다가 가와노는 가와고에서 돌아오자마자 곧바로 다시 오사카 쪽으로 놀러 갔으며, 거기서 또 '나는 마음껏 놀고 있다네.'라는 내용의 엽서를 보내왔다. 그리고 오사카에서 돌아오는 기차 안에서 감기에 걸렸음에도 불구하고 제국극장의 첫날 공연을, 상당한 발열을 느끼며 보러 왔었다는 소문을 그 후 누구에게서인지도 모르게 유키치는 들었다.

"그 사람은 그런 떠들썩한 곳에 오는 것을 무엇보다 좋아하는 모양이더군. 요즘 자기 집에는 외로워서 있을 수 없는 모양이야. 지난번 첫날 공연에도 가와노 군은 굳이 얼굴을 내밀 필요 없었는데, 그래도 얼굴을 내밀지 않을 수 없었던 모양이더군."이라고 그 사내는 덧붙였다.

×

　이런 마음으로 있었기에 유키치는 유키치 들의 친구인 도리이(鳥井)의 결혼식이 있던 날 오전에 가와노로부터,

　〈유행성 감모에 걸려 어젯밤부터 발열 40도. 오늘 도리이의 결혼식에는 도저히 갈 수 없네. 도리이에게 잘 좀 말해주게.〉

라는 속달엽서─그것도 누군가의 대필인 듯한 것을 받았을 때는, 친구의 갑작스러운 중태에 놀람과 동시에 마음속 어딘가에서 '쌤통이다.'라는 듯한 기분이 드는 것을 아무래도 지울 수가 없었다. 가와노의 생활에 대한 자신들의 비난이 이런 우연한 일로 인해서 대변되는 것이라고까지 생각했다. 물론 가와노의 방자하고 어지럽고 무절제한 생활이 직접적으로 발병의 원인이 된 것은 아니리라. 그러나 유키치는 가와노가 만약 1개월쯤 전에 호소키나 후지타 등이 들려준 고언을 얼마간이라도 받아들여서 좀 더 조심스럽고 질서

잡힌 생활을 했더라면 이런 위험한 병세는 미연에 방지할 수 있었을 것이라고 생각하지 않을 수 없었다.

'그 충고는 정말 시의적절한 충고였어. 이번 일로 조금은 깨달았으면 좋겠군.' 하고 유키치는 생각했다.

2

서로의 감정이 제아무리 상했다 할지라도 그것은 가와노가 건강하게 여기저기 뛰어다닐 때의 얘기로, 생명까지 위협할 정도의 병에 걸렸으니 문병을 가지 않을 수 없었다.

도리이의 결혼식이 끝나자 유키치는 호소키와 함께 시타야에 있는 가와노의 집으로 찾아갔다.

문으로 나온, 가와노와 마찬가지로 사람이 좋은 어머니의 창백한 얼굴에는 숨길 수 없는 근심의 빛이 가득 번져 있었다. 이삼일쯤 빗지도 않은 듯 헝클어진 머리가 이 나이 든 모친을 한층 더 애처롭게 해주고 있었다. 아들의 위험한 목숨을 온몸으로 매달려서라도 막으려 하고 있는 것 같은 이 모친의 모습을, 유키치는 비애와 경건과 존경이 뒤섞인 듯한 마음으로 가슴 아프게 바라보지 않을 수 없었다.

"정말 어떻게 되려는 건지 걱정스럽습니다. 열이 어젯밤부터 조금도 내려가지 않아요. 게다가 슈이치는 평소부터 심장이 좋지 않아서 정말 어떻게 되려는 건지 걱정스럽습니다."

어머니의 낮은 목소리는, 낮으면서도 조그맣게 떨리고 있는 듯 여겨지기까지 했다.

"다른 분도 오신 것을 현관에서 거절했지만, 일단은 슈이치에게 물어보고 오겠습니다."

이렇게 말하고 안으로 들어간 어머니가 방에 누워 있는 가와노에게 물어보고 있는 모양이었다.

가래가 끓고 있는 듯한 가와노의 낮은 목소리가 희미하게 들려왔다. 다시 밖으로 나온 어머니가,

"만나보겠다고 합니다." 이렇게 말하고 유키치 들을 병실로 안내해주었다.

유키치와 가와노는 1개월이나 만나지 않았다. 그러나 건강했다면 조금도 변하지 않았을 가와노가, 거의 다른 사람처럼 창백한 얼굴로 얼음주머니를 이마에 얹은 채 죽은 듯이 누워 있었다.

'아아, 죽음의 그림자가 드리워져 있어.' 유키치는 마음속으로 이렇게 생각했다. 평소 발그레하던 가와노의 얼굴에는, 임종을 맞이한 사람에게서 흔히 볼 수 있는 그 검푸른 그림자가 가득 드리워져 있었다. 입술은 보랏빛으로 바뀌어

있었다. 가와노가 언젠가, 내 눈은 아주 맑지? 라며 자랑했던 눈동자만이 밝은 전등 빛 아래서 더욱 맑아진 듯 여겨졌다. 그 얼굴은, 가와노의 반생에서는 도저히 찾아볼 수 없었을 것 같은 청정함과 고상함을 갖추고 있었다. 눈동자만을 위로 치켜뜨 유키치와 호소키의 얼굴을 힐끗 바라본 가와노는,

"고맙네!"라고 입 안에서 희미하게 말한 뒤, 뭔가 계속해서 말을 이으려 했으나 목에서 끓고 있는 가래 때문이리라, 괴롭다는 듯 목을 떤 채 아무 말도 하지 못했다.

유키치도 호소키도 병문안을 온 사람들이 흔히 늘어놓는 입에 발린 소리를, 친구가 빈사의 상태에 있을 때 하는 것은 참으로 멋쩍은 일이라고 생각했기에 아무런 말도 없이 입을 다물고 있었다.

그러나 평소와는 달리 성스러울 정도라고 해도 좋을 가와노의 그 얼굴을 바라보고 있자니, 가와노의 지난 1년 동안의 모든 행위가 이번 병으로 전부 정화되어버린 것 같다는 느낌이 들어 가와노에 대해서 품고 있던 일그러진 감정이 전부 잊혀지려 하고 있었다. 10년에 가까운 시간 동안 이런저런 여러 가지 생활을 함께 해왔던 친구에 대한 순수한 감정이 새록새록 되살아나는 듯 여겨졌다.

유키치는 그날 밤, 자신의 집으로 돌아오는 길에 이 빈사의 상태에 빠진 친구를 위해서 할 수 있는 모든 일을 해주어야겠다고 생각했다.

가와노가 병에 걸려 가장 어려움을 겪고 있는 것은 역시 금전적인 문제일 것이라고 생각했다. 신문소설을 써서 얻은 수입은 들어오는 족족 써버린 듯하고, 그 소설을 출판하여 얻은 인세는 가불까지 해서 써버렸고, 게다가 가와노는 최근 들어 갑자기 신변의 물품들을 사들이기 시작해서 형편에 어울리지 않는다 여겨질 정도로 훌륭한 양복과 외투를 새로 맞추기도 했으니, 유키치의 생각에 빚이 있으면 있었지 여윳돈은 한 푼도 없으리라 여겨지기까지 했다. 특히 가와노가 쓰러져 있는 이상, 월말에 들어올 원고료 등은 한 푼도 들어올 리가 없었다.

유키치는 친구들끼리 헌금하여 하다못해 100엔이나 200엔쯤의 목돈이라도 가와노를 위해 모아야겠다고 생각했다. 그러나 실제 그럴 생각으로 돈을 모으기 시작해보니 유키치만큼은 마음 내켜하지 않는 친구가 있기도 하고, 친구들 가운데서도 가와노와 마찬가지로 악성 감모에 걸린 사람이 나오기도 하여 생각한 것처럼 쉽게 모일 것 같지는 않았다.

그랬기에 그쪽으로는 생각을 완전히 단념하고 선배와 친구들의 걸작선집을 출판하여 그 인세를 가와노에게 보내기로 했다. 그것은 누구에게도 그렇게 폐를 끼치지 않고 목돈을 만들 수 있는 간단한 방법이었다. 자신이 예전에 쓴 작품 가운데서, 저작집에라도 넣어버렸던 작품 가운데서, 선집을 위해 1편을 할애하는 일은, 작가에게 있어서는 그저 조그만 호의로도 가능한 일이었기에.

가와노의 병은 위독하다고 해도 좋을 정도의 중태인 채로 사오일 동안 계속되었다. 의사는 약한 심장을 보호하기 위한 온갖 수단을 다하고 있는 듯했다.

그런 위험한 가와노의 중태를 우려하면서도 유키치는 호소키와 상의하여 선집 출간계획을 진행시켜 나가고 있었다. 이 선집으로 얻게 될 인세가 가와노에 대한 부의가 되는 것 아닐까 여겨질 만큼 가와노의 병상은 험악했다.

마침 그 무렵이었다.

유키치는 어느 날 갑자기 요시오카(吉岡)의 방문을 받았다. 요시오카는 가와노와는 꽤 친했으나 유키치와는 아직 친구라고는 할 수 없을 정도로만 알고 있는 관계였다. 서로 방문하거나 방문을 받을 정도로 친한 사이는 아니었다.

따라서 유키치는 이때 요시오카의 방문을 조금 의외라고

생각하지 않을 수 없었다.

"오랜만일세! 잠깐 실례하겠네. 자네와 조금 상의할 일이 있어서 말이지."라고 요시오카는 그를 맞아들인 유키치에게 이렇게 말하며 2층으로 올라갔다.

요시오카는 자리에 앉자마자 분위기가 채 가라앉기도 전에,

"이거, 사실은 다른 데서 잠깐 들은 얘기인데. 가와노 군이 병 때문에 경제적으로 궁핍하지 않을까 하여 자네들이 가와노 군을 위해 돈을 모으고 있다는 얘기를 들었네만, 사실인가?"라고, 약간은 성급하다 싶을 만큼 빠른 투로 물었다.

유키치는 요시오카가 무엇을 위해서 그런 질문을 한 것인지는 몰랐으나, 아마 요시오카 자신도 응분의 돈을 내려는 것이 아닐까 생각했기에,

"모으겠다는 계획도 있기는 있지만……."하고 대답했다.

요시오카는 말을 꺼내기 약간 어렵다는 듯 하고 있다가,

"상당히 갑작스러운 이야기이기는 하나, 사실은 S가에서 말일세, 만약 가와노 군이 경제적으로 어려움을 겪고 있다면 요양비는 얼마든지 내줄 수 있다고 하더군. 사실은 그 일로 얼마 전에 가와노 군의 집에 가서 은근슬쩍 상황을 살펴보려

했는데, 인사불성이나 다를 바 없어 누구와도 만나게 할 수 없다고 하기에 그냥 돌아오고 말았네. 이에 자네가 가장 적임자라고 생각하여 상의를 하러 온 것이네만, 대체 어떻게 하면 좋겠는가?"라고 요시오카가 특유의 명쾌한 목소리로 빠르게 말했다.

유키치는 요시오카의 말을 별 생각도 없이 듣고 있다가, 그것이 뜻밖에도 상당히 중대한 문제라는 사실을 깨달았기에 긴장하지 않을 수 없었다.

유키치는 가와노의 대리로서 이러한 혜여를 받아야 할지, 물리쳐야 할지 판단해야 한다는 중대한 책임을 느꼈다.

표면적으로만 놓고 보자면 S가는 가와노의 사랑에 등을 돌리고 떠나버린 연인의 집안이기는 했으나, 2년 전에 돌아가신 그 댁의 어르신과 가와노는 무엇보다 사제관계라고 해도 좋을 정도의 사이였으니 S가에서 가와노의 급한 사정을 도우려는 것은 그렇게 크게 도리에 어긋나는 일도 아니었다. 그러나 역시— 문제는 그렇게 간단하지 않았다.

가와노와 S가는 서로가 서로에게 연을 끊겠다는 통보를 하지는 않았으나, 지금은 상당히 심한 반감을 품고 있는 사이였다. 가와노는 S미망인의 약속파기를 원망하는 듯한, 그에 앙갚음하는 듯한 의도를 품은 작품을 작년 이후 몇 편이고 발표했다.

그런 불화관계에 있으면서, 가와노가 커다란 병에 걸렸다는 얘기를 듣자 돈을 내놓겠다는 것이었다. 그것은 지금까지의 일들은 전부 잊고, 가와노가 작품 속에서 보인 반항적이고 복수적 태도는 조금도 마음에 두지 않고, 적을 사랑하겠다는, 은혜로 원수를 갚겠다는 아름답고 순수한 마음의 발로일지도 몰랐다. 그렇기는 하지만—하고 유키치는 생각했다. 선의로 해석하자면 더없이 아름다운 일임에는 틀림없었으나, 아주 조금만 불순한 추측을 섞어 생각해보면 그것이 완전히 반대라 여겨지지 않는 것도 아니었다. 지금까지 자신에게 대들기만 하던 적이 궁지에 몰려 있는 모습을 잔뜩 지켜보고 있다가, 거부하기 어려운 구조의 손길을 내밀어 적이지금까지 보여온 반항을 단번에 봉해버리겠다는, 비겁하고 간사한 의도가 작용한 것이라고 삐딱한 시선으로 볼 수도 있는 일이었다.

유키치는 물론 S가의 동기가 지금까지 있었던 모든 일들을 문제 삼지 않는 순수한 후의에서 나온 것이라고 믿고싶었다. 그러나 그 동기가 선악 어느 쪽에 있든, 그처럼 반감을 품고 있는 사이에 있으면서 상대방이 아무리 커다란 병에걸려 사경을 헤매고 있다 할지라도, 아무리 경제적으로 어려움을 겪고 있다 할지라도, 돈을 주겠다고 말하는 것은, 그것이 제아무리 지순한 동기에서 나온 것이라 할지라도 상대방에 대한 상당히 커다란 모욕을 의미하고 있는 것 아닐까? 서로 미워하여 다투고 있는 상대로부터 그런 말을 들었을 때, 조금이라도 기개가 있는 사내라면 그것을 넙죽 받을까? 만약 유키치가 가와노라면 그러한 구조의 손길은 분연히 뿌리치기를 망설이지 않을 것이라고 생각했다. 뿌리칠 뿐만 아니라 상대방의 그러한 모욕에 상당한 복수까지 기도할지도 모를 일이라고 생각했다.

유키치가 말없이 생각에 잠겨 있는 모습을 보고 요시오카가 설명을 하듯 말을 이었다.

"나는 가와노 군을 은근슬쩍 떠볼 생각이었네만, 워낙 인사불성에 가까운 상태였고 그런 말을 해서 쇼크를 주어서는 안 되겠다고 생각했기에 말없이 돌아온 것일세. 얘기를 꺼내기 어렵다면 가와노 군에게는 S가의 이름은 말하지 않아도 상관없네. 어떤 특지가가 가와노의 어려운 형편에 동정하여 돈을 내기로 했다는 정도로만 말을 해도 상관없는데, 어떻게 생각하는가?"라고 요시오카는 유키치의 대답을 재촉했다.

유키치가 마음을 정하고 말했다.

"나는 동의할 수 없네. S가의 후의는 고맙게 생각하지만.

그리고 그 마음도 모르는 바는 아닐세. 하지만 어쨌든 그런 관계가 되어버리지 않았는가? 절교한 상태라고 해도 좋을 걸세. 만약 그러한 구조를 받아들였는데 인사불성에 빠져 있던 가와노가 회복하여, 나는 S가의 후의 따위 죽어도 받아들이지 않았을 걸세, 라고 말한다면 돌이킬 수 없는 일이 되어버리고 말지 않겠는가? 또 가와노로서는 당연히 그렇게 해야만 한다고 나는 생각하고 있네. 따라서 녀석이 살아 있는 한, 그런 돈은 거절하는 것이 좋겠다고 생각하네. 하지만 세상을 떠난 뒤라면 그때는 또 얘기가 달라지지. 저런 중태에 빠졌으니 죽을지도 모른다는 생각이 들기도 하는데, 죽은 뒤의 부의로 주는 것이라면, 나는 가와노를 대신하여 흔쾌히 받을 생각이라네. 세상을 떠나고 나면 그러한 일들도 전부 없었던 일이 되어버리고, 그의 어머님을 잘 보살펴드리기 위해서는 조금이라도 돈이 많은 편이 좋으리라 여겨지니……"하고 유키치는 실제로 가와노가 죽은 뒤의 일을 생각하며 말했다.

"하지만 살아 있는 동안에는 거절하고 싶네. 가와노가 받는다고 한다면 내가 충고해서 말리고 싶을 정도라네. 그러니 인사불성이 되어 있는 가와노를 대신해서 내가 어떻게 받아두겠다고 말할 수 있겠는가?"라고 유키치가 상당히 진지한 태도로 말했다. 그리고 빈사의 친구를 위해서 훌륭하고 정당하게 대리임무를 수행하고 있는 것이라는 감격까지 느끼고 있었다.

"거기다 모든 길이 막혀서 돈 나올 구멍이 어디에도 없다면 또 모르겠지만, 가와노가 경제적으로 어려울 것이라는 것도 우리들의 노파심에서 온 추측이지 가와노 자신이 경제적으로 궁하다고 말한 건 아닐세. 또 혹시 어려움을 겪고 있다면, 친구도 있고 친척도 있으니 S가의 도움 같은 걸 받기 전에 우리들이 할 수 있는 일은 해주는 것이 당연한 일 아닐까 생각하고 있네만."이라고 유키치는 말을 이었다.

요시오카는 유키치의 거절을, 그렇게 감정 상하는 일도 없이 비교적 평정하게 듣고 있다가,

"아아, 그런가? 이거, 잘 알았네! 나도 처음부터 어떨까 싶기는 했었네."라고 차분하게 받아들였다.

유키치는 이 일을 병상에 있는 가와노에게 들려주면 틀림없이 분개할 것이다, 상대방의 약점을 파고들어 모욕적인 은혜를 베풀려 한다며 S가의 태도에 분개할 것임에 틀림없다고 생각했다. 그리고 유키치가 가와노를 대신하여 과감히 그 요구를 거절한 것을 반드시 고맙게 생각할 것이라고 생각했다.

"그래서 자네들이 돈을 모으기로 한 건가?"라고 요시오카가 잠시 사이를 두었다가 물었다.

"아니, 돈을 모아볼까도 생각했지만 돈으로 하면 10엔이 됐든 20엔이 됐든 얼마간 고통을 느낄 사람이 있을지도 모르겠기에 우리 동료들의 걸작선집이라도 내볼 생각으로 있네. 그렇게 하면 누구에게도 피해를 주지 않고 일을 진행할 수 있을 테니."

"그거 좋은 생각이군."이라고 요시오카가 꽤나 감탄했다는 듯이 말했다. "돈 같은 걸 주고받으면 나중에 싸움이라도 났을 때 서로가 불쾌해지니까. 선집은 좋은 생각일세. 게다가 자네들의 원고라면 받아줄 출판사도 있을 테니."라고 말을 이었다.

유키치는 요시오카가 자신도 모르는 사이에 범하고 있는 자가당착을 깨닫지 않을 수 없었다. 그와 동시에 그것은 자신이 취한 태도를 더욱 긍정해주는 것 같다고 여겨졌다. 요시오카는 장래에 혹시 일어날지도 모를 불화의 경우를 염려하여 친구 사이의 금전적 혜증(惠贈)은 피하는 것이 좋다고 말했다. 그런데 가와노와 S가와의 불화는 아주 희미한 가능성밖에 가지고 있지 않은 장래의 일이 아니라, 눈앞에 엄연히 존재하고 있는 사실이었다. 만에 하나 일어날지도 모를 장래의 불화를 두려워하여 금전적 혜증을 피해야 하는 것이라면 그보다 몇 백 배, 몇 천 배의 강함으로 현재의 불화를 위해서 금전적 혜증을 피해야 하는 것 아닌가 생각했다.

미워하고 있는 상대로부터 돈을 받는 것은 은혜나 후의를 받는 것이 아니라 하나의 모욕을 받는 것이 아닐까 유키치는 생각했다.

요시오카도 본심으로는 이 요청의 불합리함을 깨닫고 있으나, S가에 대한 의리 때문에 어쩔 수 없이 행동에 나선 것이라고 생각했다.

그런 생각이 들자 유키치는 빈사의 친구를 위해서 만인이 인정하는 정당한 처치를 취한 것이라는 확신과 거기에서 오는 만족감을 느끼지 않을 수 없었다.

×

그런 속에서 가와노는 점점 회복되어갔다. 처음 두려워했던 심장의 나약함도 기우에 지나지 않았다는 사실을 알게 되었다. 예후는 얼마간 길어졌다. 그래도 병에 걸린 후 3개월째의 초반에는 이제 정상인과 크게 다를 바 없을 정도의 건강으로 다가가고 있었다.

그 사이에 유키치는 요시오카로부터 들은 이야기를 가와노에게는 전하지 않았다. 가와노에게 말하면 틀림없이 불쾌함을 느끼리라, 병 때문에 기운이 상당히 떨어져 있을 때 이야기해서는 안 되리라. 병상에 있는 동안에는 입을 다물어야 한다고 생각했다.

그러나 어쨌든 가와노의 대리로 행한 일이었기에 일단은 가와노에게 이야기하여 사후 승낙을 얻지 않으면 안 된다고 생각했다. 동시에 가와노로부터 감사의 말을 듣고 싶다는 마음도 있었다.

어느 날 밤, 드물게도 가와노가 유키치의 집으로 찾아왔다. 벌써 여름의 초입임에도 불구하고 아직 외투를 입고 있었다.

"밤에 외출한 건 오늘이 처음이야. 이젠 괜찮지 않을까 싶어서 시험적으로 자네 집까지 와본 거야."라고 말했다.

이제는 완전히 건강했다. 조금은 언짢은 소리를 들어도 꿈쩍도 하지 않을 만한 감정과 몸을 되찾은 듯 여겨졌다. 유키치는 이제 이야기해도 상관없겠다는 생각이 들었다.

잡담을 나누다 이야기가 잠깐 끊겼을 때 유키치가 말투를 약간 바꾸어,

"이보게, 지금이니까 하는 말이네만, 자네가 인사불성이

었던 2월 20일 무렵에 말이지, 요시오카가 우리 집에 불쑥 찾아왔었어. 무슨 일일까 싶었는데, S가에서 자네가 경제적으로 어려움을 겪고 있다면 얼마든 돈을 내주겠다고 했다더군. ─." 이렇게 말하며 유키치는 가와노의 얼굴을 보았다. 가와노는 얼굴을 붉히며 상당히 긴장한 표정으로 유키치의 얼굴을 가만히 바라보고 있었다.

"물론 나는 거절했어. 자네를 대신해서 단호하게 거절한 거야. 나는 자네를 상당히 모욕하고 있는 거라고 생각했어. 시쳇말로 하자면 돈으로 자네를 굴복시키겠다는 심산 아니겠는가. 이쪽에서는 그렇게 생각할 수도 있는 일이니……." 라며 유키치는 가와노의 분개를 자극하듯 자기 자신이 흥분해버리고 말았다.

"나는 조금 괘씸한 일이라고 생각했다네. 그런 말을 잘도 꺼내는군, 싶었어. 이제 와서 그런 말을 할 자격은 어디에도 없지 않은가."라고 말하며 유키치는 가와노가 틀림없이 격렬한 분개를 드러내리라 기다리고 있었다.

그러나 가와노는 유키치의 예상과는 전혀 다른 태도를 보였다. 그는 얼굴을 한층 더 붉힌 채 고개를 숙여 방바닥 위를 가만히 바라보고 있는 듯했는데, 유키치에게는 그 눈동자가 젖어 있는 것처럼 보이기까지 했다. 잠시 후 마침내

고개를 들었는가 싶더니,

"자네는 그렇게 분개하고 있지만, 저쪽에서는 그렇게 악의를 갖고 한 일이 아닐 걸세."라고 말하며, 과연 자기 자신의 나약함을 부끄러워하고 있는 듯했다. 그러나 그 얼굴에서는 일종의 감격까지 엿볼 수 있었다.

유키치는 자신이 벽이라고 생각하여 부딪쳤던 것이 맥없이 무너져버린 듯 허탈한 느낌이 들어 한동안은 망연히 가와노의 얼굴을 바라보았다. 그리고 마음속은, 갑자기 방향을 잃어버린 사람처럼 멍해져버리고 말았다.

유키치가 만약 가와노였다면 얼마나 분개했을지 모를 모욕을, 가와노는 분개는커녕 어떤 감격을 느끼며 받아들였다. 가와노 자신이 '괘씸한 일'이라며 분개하는 것을 제3자인 유키치가 진정하라고 달래주어야 할 일이 완전히 반대가 되어버리고 말았다. 유키치는 상당히 커다란 모욕이라고 생각한 일을, 가와노는 그렇게 생각하지 않았다. 상대방의 행위에 숨겨져 있을지도 모를 악의 따위는 완전히 무시한 채, 가능한 한 선의만을 받아들이려 하고 있었다. 그렇게도 S가에 대해서 원한을 품고 있는 것처럼 말했으면서도 S가에서 조그만 호의─그것도 그런 관계에 있어서는 모욕이라 여겨지는─를 보이자 평소의 생각과 원한은 잊고 상대방의 호의만을 느끼고 있었다. 이 얼마나 물러터진 사람이란 말인가, 하고 생각했다. 이 무슨 나약함이란 말인가, 라고 생각했다. 그리고 유키치는 지금까지 가와노의 나약함을 대체로 경멸하거나 냉소하고 있었다. 그러나 나약함이 이렇게까지 철저해서 인간의 영역이 아니라 여겨지는, 인간의 평범한 감정으로는 가늠하기 어려운 곳까지 가 있으면, 무턱대고 경멸할 수만도 없는 일이었다. 가와노의 철저한 나약함, 사람에게 짓밟히고 있으면서도 여전히 짓밟고 있는 발 속에서 어떤 호의를 찾아내려는 마음은, 나약함이 철저해서 광대무변한 사랑의 영역으로까지 들어가 있는 것 아닐까 여겨지기도 했다. 따라서 가와노는, 인간으로서 유키치처럼 평범한 감정이나 도덕으로 행동하고 있는 사람보다는 몇 단이나 더 떨어져 있는 높은 곳에 있는 것이 아닐까 여겨지기까지 했다. 그런 생각이 들자 유키치는 자신의 감정으로 가와노의 나약함을 마음껏 냉소하던 자신이 불안하게 느껴지지 않을 수 없었다. 그와 동시에 가와노의 끝도 없는 나약함에 대해서 존경과도 같은 마음을 품지 않을 수 없었다.

유키치는 예상한 대로 가와노로부터 승인과 감사를 얻지 못했다는 사실에 가벼운 실망감을 느끼면서도, 자기 앞에서 가마히 고개를 숙이고 있는 가와노의 얼굴을— 10년 가까이나 익숙하게 보아온 얼굴을, 다른 사람을 보듯 새로운 마음으로 한동안 바라보았다. 그리고 마음속으로는 '신과 같은 나약함'이라는 말을 언제부턴가 떠올리고 있었다.

편지 중에서 書簡の中から

아쿠타가와 류노스케 芥川龍之介

아쿠타가와 류노스케

1892년에 도쿄에서 태어났다. 출생 직후 어머니가 발광하여 외가인 아쿠타가와 가의 양자가 되었다. 도쿄 제국대학 영문과에 입학하여 기쿠치 간, 구메 마사오 등과 『신사조』를 창간했다. 1916년에 발표한 「코」로 나쓰메 소세키의 격찬을 받았다. 여러 시대의 역사적인 문헌에서 소재를 취해 스타일과 문체를 달리한 재기 넘치는 다양한 작풍의 단편소설을 발표했다. 예술파를 대표하는 작가로 활약했으며 후반기에는 자전적인 소재가 많아졌다. 1927년에 수면제를 복용하여 자살했다.

1918년 10월 24일

가마쿠라(鎌倉)에서 스스키다 준스케[13]에게

배계(拜啓). 이번만은 당신께도 폐를 끼쳐 죄송하기도 하고, 저 자신도 당황하여 참으로 어찌해야 좋을지 모르겠습니다. 손은 신경통이고, 눈은 성냥의 불똥이 튀어 한쪽에 붕대를 감고 있기에 오로지 구메[14]의 의협심에 의뢰하여 가능한 한 소설을 길게 써달라고 부탁해놓았으나, 그는 그것을 완전히 무시하고 '어디 한번 아쿠타가와를 골탕 먹여야겠다.' 는 듯한 심보로 갑자기 10회에서 마무리 지어버렸다는 것은 괘씸하기 짝이 없는 일입니다. 제가 오사카 마이니치(大阪 每日) 신문사에 지고 있는 책임의 절반쯤은 구메 때문에 손해를 입은 것이라고 해도 좋을 것입니다. 그래도 마감에 간신히 늦지 않았으니 앞으로는 매일 쉬지 않고 써나가겠습

---

13) 薄田淳介(1877~1945). 시인, 수필가인 스스키다 규킨의 본명. 이 무렵 그는 오사카 마이니치 신문사에서 근무하고 있었다.
14) 구메 마사오인 듯.

니다. 그런데 위와 같은 사정으로 약간 서두를 필요가 있었기에 완성도는 처음부터 그다지 자신이 없었습니다. 오늘로 5회에 들어가 마침내 본문에 착수했습니다만, 발걸음이 아무래도 영 의심스럽습니다. 삽화를 그리시는 나고시[15] 씨께도 참으로 면목이 없습니다만 모쪼록 관용을 베풀어주시는 것 외에는 방법이 없습니다. 게다가 그것을 쓰고 난 뒤에 5개 거절하고도 아직 2개 남아 있는 신년호에 무엇인가를 쓰지 않으면 안 되니 참으로 불안합니다. 그래도 최선을 다해서 길게 쓰겠습니다만, 그렇게 무제한으로 늘릴 수만도 없으니 적당히 다음 소설을 준비해두시기 바랍니다. 언젠가 아리시마 이쿠마[16] 씨가 귀사로부터 의뢰를 받았다는 얘기를 들은 적이 있는데 아직 실리지 않은 듯합니다. 만약 아리시마 씨라면 제가 편지를 써서 간청을 해도 좋습니다. 아무래도 다음 사람이 정해지지 않은 채, 언제까지고 무대에 앉아 있어서는 식은땀이 나서 안 되겠습니다.

　사과의 말씀 올리며, 어렵게 편지를 쓸 짬을 얻어서. 이상.

10월 24일 아침

스스키다 준스케 귀하

---

15) 名越国三郎(나고시 구니사부로, ?~?). 아르누보 화풍으로 유명한 삽화가.
16) 有島生馬(1882~1974). 화가, 문필가. 아리시마 다케오의 동생.

1918년 11월 2일

가나가와 현 가마쿠라초 하라노다이에서

다카하마 도시오[17])에게 (엽서)

기조[18]) 가집 감사합니다. 하이가[19]) 전람회의 원고도 받으셨겠지요? 도쿄에서 보내놓았습니다.

저는 지금 스페인 감기로 누워 있습니다. 옮으면 안 되니, 오셔서는 안 됩니다. 열이 나고 기침이 나서 매우 괴롭습니다.

가슴 속 삭풍 기침이 되었구나

---

17) 高浜年尾(1900~1979). 가인. 다카하마 교시의 장남.
18) 무라카미 기조(村上鬼城, 1865~1938). 가인, 법무사.
19) 俳画, 간소한 담채화.

1918년 11월 3일

가마쿠라에서 고지마 마사지로[20]에게 (엽서)

스페인 감기로 누워 있습니다. 열이 높아서 몹시 허약해진 병중에 희미한 꿈이 있어 따분하기에 단가로 적어 보냅니다.

삭풍이 인산일(因山日)의 거리를 누비네

아직 완쾌에 이르지 못해 이것도 누운 채 쓰고 있습니다.

돈수(頓首)

---

20) 小島政二郎(1894~1994). 소설가, 가인.

1918년 11월 5일

가마쿠라에서 고지마 마사지로에게 (엽서)

따분하기에 또 이 글을 적습니다. 서로 이 감기는 이제 그만 사양하고 싶습니다. 하지만 이런 일이 있으면 여러 가지 취미를 마음껏 즐길 수 있어서 편리합니다. 오늘도 자리 위에서 그림을 그리기도 하고 단가를 짓기도 했습니다. 이 노래도 그때의 산물입니다.

무쓰오에 두 그루 소나무 아침노을 오는 하늘을 받치는 두 그루 소나무

아침노을 어른대는 곳 무쓰오의 두 그루 소나무는 흔들리려고도 하지 않네

그리고 소설집의 이름, 『괴뢰사21)』로 정했습니다. 이 외에도 생각한 것이 여러 가지 있습니다만 아무래도 이것이 가장 좋을 듯합니다. 안 되겠습니까? 이상.

아쿠타가와 생(生)

---

21) 傀儡師. 1919년에 간행된 아쿠타가와 류노스케의 작품집. 아쿠타가와가 25세~27세에 쓴 작품들이 수록되어 있다.

1918년 11월 9일

가마쿠라에서 스스키다 준스케에게

배계. 4회 보냈습니다. 요즘에야 드디어 이야기를 제대로 진행시킬 수 있게 되었습니다. 지금까지의 것은 마음에 들지 않습니다. 앞으로는 좀 더 소설답게 움직여갈 것입니다. 워낙 지금까지가 지금까지였기에 평판이 나쁘지나 않을지, 신문사를 위해서 크게 염려하고 있습니다. 그리고 나고시 씨의 삽화도 내용보다 수준이 높아서 감사히 생각하고 있습니다. 당신이 그 감사한 뜻을 잘 좀 전해주시기 바랍니다. 이번만은 실제로 평판이 조금 신경 쓰이기 시작했습니다. 인플루엔자 조심하시기 바랍니다. 걸리면 조금이라도 무리를 해서는 안 됩니다. 곧 맹렬하게 도져버립니다. 저도 일어나서 1회 원고를 썼다가 혼쭐이 났습니다. 시마무라(島村) 씨도 그럴 것이라 생각합니다. 어제 병상에서 일어났습니다.

병중 희미한 꿈 있어
삭풍이 인산일의 거리를 누비네

11월 9일 류(龍)

스스키다 학형(學兄)

노부코伸子

미야모토 유리코宮本百合子

미야모토 유리코

1899년에 도쿄에서 태어났다. 일본 여자대학 영문과를 중퇴했다. 1918년에 아버지와 미국으로 건너갔으며 뉴욕에서 고대 동양어 연구를 하고 있던 아라키 시게루를 만나 결혼했으나 1924년에 이혼했다. 이후 러시아 문학자인 유아사 요시코와 동거생활을 했다. 그 사이에 「노부코」 집필에 전념했으며 1927년부터는 유아사와 함께 소련에서 생활했다. 귀국 후, 프롤레타리아작가동맹에 가입, 공산주의자인 미야모토 겐지와 결혼했으며 투옥 등을 거듭하면서도 활발하게 활동했다.

1-3

(······)

그들은 2시간 가까이 이야기를 나누었다. 쓰쿠다[22]는 마침내 문안을 가야 할 환자가 있다며 자리에서 일어났다.

"─일본 사람?"

"네, 그렇습니다. 지금은 많이 좋아졌지만 매주 1번씩은 가보기로 했으니 기다리고 있을 겁니다."

바로 그 무렵, 거의 전 세계적으로 악성 감모가 널리 유행하고 있었다. 뉴욕 시 안에서도 매일 수많은 환자들이 뇌와 심장을 침범당해 목숨을 잃었다. 독일의 잠함정이 합중국의 연안으로 와서 병균을 뿌리고 갔다는 등의 평판까지 있다는 사실은 노부코[23]도 신문을 통해서 알고 있었다.

그녀가 쓰쿠다에게 웃으며 말했다.

---

22) 佃. 뉴욕에 거주하는 일본인 고학생.
23) 伸子. 유학을 위해 아버지를 따라간 뉴욕에서 쓰쿠다를 만나 섬섬 마음이 끌리게 되다.

"문안 가는 건 상관없지만, 당신이 옮지 않도록 하세요."

그러자 쓰쿠다가 뜻밖에도 진지하게 말했다.

"저는 아마도 괜찮을 겁니다. 3, 4개월 전에 여러 가지 예방주사를 맞았으니."

"어머, 어째서요?"

"YMCA를 통해서 프랑스에 가게 되어 모든 준비를 할 때 맞았습니다. 티푸스하고 성홍열의. —그러니 옮지 않을 겁니다."

그는 무겁게 말하며 테이블 위에서 노학생의 것다운 낡은 중산모를 집어들었다.

"그리고 그런 병은 사람의 마음가짐에 따라서 달라집니다."

어째서 전지(戰地) 같은 데 갈 마음이 든 것인지 듣고 싶었다. 노부코에게는 아무런 설명도 해주지 않고 쓰쿠다는 정중하게 인사를 한 뒤, 어색한 발걸음으로 인파 속으로 사라져버렸다.

(……)

1−8

(……)

"……조용하네요."

"지금은 사람이 제일 적은 시간이니까요."

오른쪽으로 강을 바라보며 그들은 번화가를 향해 걸었다.

"학교에서도 호텔에서도 가까운데 전 전혀 몰랐어요. 이렇게 좋은 곳이 있었는데. ―산책할 장소가 늘어서 기뻐요."

길 곳곳에 편안하게 보이는 잔디밭과 나무그늘이 있었다.

"이 공원은 아담해서 좋네요."

그러자 쓰쿠다가 신경질적인 투로 말을 끊듯,

"이 나라에서는 될 수 있으면 혼자 돌아다니지 않는 편이 좋습니다."

라고 말했다.

"그래요? 낮에도요?"

"좋지 않은 녀석들이 있으니."

"아아, 그건 그래요."

노부코는 쓰쿠다가 준 주의의 의미를 이해했기에 순순히 대답했다.

"그건 조심할게요. ―그래도…… 일본인은 괜찮지 않을까요?"

쓰쿠다가 한층 더 불안하다는 듯, 매우 의미심장하게,

"글쎄요……."

하며 대답을 망설였다.

"차차 알게 될 겁니다."

충분한 근거가 있지만 예의상 말을 피하는 것이라는 듯한 쓰쿠다의 대답이 노부코의 호기심을 자극했다. 잠시 말없이 걷다가 그녀가 물었다.

"당신은 이곳에 있는 일본인들의 사정을 여러 가지로 알고 계시나요?"

"알고 있다고 생각합니다."

노부코가 뒤이어 말하려는 것을 끊더니 쓰쿠다는,

"대부분 늑대 같은 놈들뿐입니다."

라고 짧게 단언했다. 노부코는 자신도 모르게 미소 지었다. '늑대.' ―.

그녀는 적당한 산책 뒤의 가벼운 기분으로 자신의 방에 돌아왔다. 손에 익은 동작이었기에 무의식중에 평소처럼 열쇠를 오른쪽으로 돌렸다. 짤깍, 이상한 저항감이 손에 전해지고 문은 열리지 않았다. 노부코는 몸을 구부려 열쇠구멍을 보았다. 그리고 혹시나 싶어서 손잡이를 돌려보았다. 문은 쉽사리 안쪽으로 열렸다. 자물쇠가 걸려 있지 않은 것이었다. 종업원이라도 청소를 하러 와 있는 걸까. ―

노부코는 이상히 여기며 응접실로 들어가 주위를 둘러보

았다. 그러자 전혀 생각지도 못했던 삿사[24]의 목소리가 침실 안에서 그녀를 맞아들였다.

"노부코냐?"

노부코는 지금까지의 상쾌하고 시원했던 기분이 단번에 날아가버릴 정도로 놀라움을 느꼈다. 삿사는 오늘 아침 9시에 그녀와 쓰쿠다와 셋이서 여관을 나섰다. 저녁까지 돌아올 계획이 없었는데. ―노부코는 서둘러 그쪽으로 갔다.

"어떻게 된 거예요?"

삿사는 창백한 얼굴로 침대 위에 상반신을 일으킨 채 앉아 있었다. 그는 노부코를 보자 평소의 따뜻하게 빛나는 미소를 지어 보이려 했다. 그러나 몸이 굉장히 좋지 않은지 미소는 중간에서 사라져버리고 말았다. 아버지의 눈에 드러난 불안을 보자 노부코 역시 불안하고 걱정스러운 마음이 들었다. 그녀는 비록 몰랐다고는 하나 자신이 공원에서 좋은 기분으로 한가로이 시간을 보냈다는 사실이 미안하게 여겨졌다.

"언제 돌아오셨어요?"

그녀는 침대 끝에 걸터앉아 아버지의 손을 쥐었다.

"한 30분쯤 전에 왔다. 갑자기. ―몸이 영 좋질 않아서.

---

24) 佐々. 노부코의 아버지.

—두통이 심하고 열이 있는 듯하구나."

"어디."

노부코는 아버지의 이마를 짚어보았다. 꽤 뜨거웠다.

"한기가 드나요?"

"쇼킨(正金) 은행에 있자니 자꾸만 오싹오싹해서 말이지. 이건 좀 이상하다 싶어 서둘러 자동차로 돌아왔다."

삿사는 말을 끊고 자신의 용태를 숙고하는 듯한 얼굴을 했다. 그가 잠시 후 애써 농담으로 돌리려는 듯한 투로 혼잣말처럼 중얼거렸다.

"감모인가? —마침내 걸려버리고 만 건가?"

노부코는 마음속이 얼어붙는 듯한 느낌이었다. 그녀도 침실에서 아버지의 목소리를 들은 순간 그런 생각이 들어 섬뜩했었기 때문이었다. 가을부터 유행하기 시작한 악성 감모는 여전히 창궐하고 있었다. 대부분의 유행병은 끝물에 가까워질수록 병독이 경미해지는 것이 정상인데, 올해의 감모는 그 반대였다. 수많은 새로운 환자에 수많은 사망자가 나왔다. 애써 가장한 태연함으로 노부코는,

"그럴지도 모르겠네요. 하지만 빨리 알아챘으니 괜찮을 거예요. —마음 단단히!"

그리고 갑자기 어머니라도 된 듯 단호한 쾌활함으로,

"저는 훌륭한 간호부이니 마음 놓고 맡기셔도 돼요."
라고 말하며 서둘러 겉옷을 벗었다.

샷사는 노부코가 돌아오기만을 기다리고 있었는지 그녀가 외투를 벗으러 옆방으로 갔다가 곧 다시 나와서 손을 씻는, 그 일거수일투족을 눈으로 좇았다.

"거기에 있었구나. 나는 아직 커다란 트렁크에 있는 줄 알고 찾다가 끝내는 못 찾았는데."
라고 말하며 그는 스스로 잠옷을 풀어 노부코에게 검온기를 겨드랑이에 끼우게 했다.

38도 9부였다.

"몇 도냐?"

노부코는 검온기를 흔들어 수은을 아래로 내려버렸다.

"―신경 쓸 정도는 아니네요. ―목이 마르면 아이스워터를 가져다달라고 할까요?"

잠시 후 노부코가 말했다.

"사와무라(沢村) 선생님을 불러요. 네?"

"……그래."

샷사는 노부코의 얼굴을 보기 전까지는 애써 마음을 다잡고 있던 모양이었다. 마음이 풀리자 말하기조차 힘들어하는 듯했다. 깃털을 넣은 베개 2개를 겹친 위에 달아오른 얼굴을

었고 때때로 굵은 숨을 쉬었다.

의사가 오기까지 약 1시간 동안 환자와 단둘이 있으면서, 노부코는 뭐라 표현하기 어려운 고립감을 느꼈다. 어려움이 닥친 순간 이 대도회의 생활과 자신들의 생존은 얼마나 무관한 것인지. 주위의 냉담한 느낌이 노부코의 마음을 때렸다.

1-9

삿사의 병은 노부코도 짐작한 대로 지금 유행하고 있는 악성 감모의 초기라는 진단이었다. 사와무라가 경험 많은 가정의다운 투로 말했다.

"하지만 걱정하실 건 조금도 없습니다. 아주 경미한 징후가 나타났을 뿐이고, 이런 병은 역시 걸린 사람의 평소 건강상태에 따라서 달라지는 법이니. 당신은 영양도 잘 섭취하셨고 고질병도 없으니, ―걱정하실 것 없습니다. 열흘쯤 지나면 완쾌하실 겁니다."

삿사는 호텔에서는 불편하니 입원해도 상관없다고 말했다.

사와무라가 침대 곁에 서 있는 노부코를 바라보며,

"훌륭한 간호부가 계시니 오히려 지금은 움직이지 않는 편이 좋을지도 모르겠습니다. ―물론 저희 집으로 오시면 돈은 더 많이 벌 수 있습니다만, 하하하."

하고 웃었다.

약제사에게 약을 사러 가고, 당장 사와무라에게 약을 받으러 가줄 사람은 쓰쿠다밖에 없었다. 노부코는 그에게 전화를 걸었다.

쓰쿠다가 잠시 후, 약품류의 꾸러미를 안고 나타났다. 그는 노부코를 도우며 자신의 입장을 이해하고 있는 자의 자신감을 가지고 행동했다. 삿사는 밤에 소량의 포도액을 마셨을 뿐이었다. 쓰쿠다와 노부코는 식당으로 갔는데 화려하게 꾸미고 담소를 나누는 사람들, 빛나는 식탁의 광경조차 지금은 그녀의 마음을 자극하는 힘을 완전히 잃고 말았다. 쓰쿠다가,

"너무 걱정하지 않는 편이 좋을 겁니다."

라고 노부코를 위로했다.

"저는 훨씬 더 좋지 않은 사람들을 종종 보아왔는데, ─다릅니다. 심하게 충혈되어 있는 눈만 봐도 금방 구분할 수 있으니 정말 걱정하지 않으셔도 됩니다."

나흘 동안 삿사의 병은 점점 심해졌다. 사흘째 되던 날에는 옆에서 지켜보던 노부코조차 숨이 막힐 정도로 환자는 괴로워하는 듯했다. 기침은 거의 나지 않았다. 단지 40도를

오르내리는 열과 심한 두통이 찾아왔다. 몸의 관절이 마디마디 쑤셔서 몸을 뒤척이는 것조차 혼자서는 할 수 없게 되었다. 그래도 삿사는 한마디의 고통도 딸에게는 호소하지 않고 참으려 하고 있었다. —아버지로서의 애정에서 나온 그 인내가 오히려 노부코의 정신을 압박했다. 아버지는 병약한 사람이었다. 어머니라도 있었다면 결코 이대로는 끝나지 않았으리라는 사실을 노부코는 잘 알고 있었다. 게다가 그도 감정이 둔한 사람은 아니었다. 외국의 호텔에서 방심할 수 없는 병에 걸렸다. 어두운 상상이 단 한 번도 그의 뇌리를 스치고 지나간 적이 없었다고 어떻게 말할 수 있겠는가? 노부코는 그 불길한 상상에 자꾸만 시달렸다. 그랬기에 감상을 제어하려 하고 있는 듯한 아버지, 어느 틈엔가 잠이 들어버린 아버지의 얼굴 등을 가만히 바라보고 있자면, 한층 더 가슴을 때리는 것이 있었다.

쓰쿠다는 하루 가운데 호텔 안 삿사의 방에서 머무는 시간이 다른 어디에서 보내는 시간보다 가장 길었다. 그는 우선 아침에 와서 필요한 물건들을 위해 장을 보았다. 물수건의 교환 등을 도와주었다. 대학에 수업이 있으면 일단 나갔다가 3시나 4시, 혹은 더 일찍 다시 찾아왔다. 그리고 대부분 밤까지 머물렀다. 환자의 침대 좌우에 말없이 오랜 시간 앞아 있는 경우도 있었다. 깊이 잠들어버린 환자 옆에서 살금살금 옆방으로 와서 별 말도 없이 차를 마시는 경우도 있었다. 그럴 때 바스락 시트 움직이는 소리만 나도 신경이 예민해져 있는 노부코는 깜짝 놀라 귀를 쫑긋 세웠다. 쓰쿠다는 그녀의 마음을 헤아린 듯 바로 자리에서 일어나 까치발을 하고 두 방 사이에 있는 커튼 틈으로 환자를 가만히 들여다보았다. 다시 커튼을 원래대로 가만히 닫으며 그는 머리를 옆으로 흔들었다. 노부코는 환자가 별 탈도 없이 역시 자고 있다는 사실을 알고 고개를 끄덕였다. ……쓰쿠다가 그렇게 오랜 시간을 그녀 들과 함께 보내는 일이 노부코에게는 조금도 이상하게 느껴지지 않을 만큼 그는 생활에 필요한 사람이 되어 있었다. 쓰쿠다가 너무 오래 시간을 보내고 있으면 걱정이 되어 환자가

"이거 너무 폐를 끼치네요. 오늘은 많이 좋아진 듯하니 너무 신경 쓰지 마시고……. 노부코, 괜찮겠지?"
라고 말하는 경우가 있었다. 그러면 쓰쿠다는 차분하게 대답했다.

"바쁜 일이 있으면 언제든 실례를 할 테니 그렇게 신경 쓰지 않으시는 편이 좋을 듯합니다. 정신의 안정이 중요하니,"

엿새째쯤부터 아주 조금씩, 그러나 다시 도지는 일 없이 환자의 열이 내리기 시작했다. 의사는 가슴을 타진하고 혀를 살펴본 뒤,

"자, 이걸로 이번에는 정말 됐습니다."

라고 확신했다.

"이제 고비는 멋지게 넘으셨으니 남은 것은 예후뿐입니다만……."

옷장 앞에 서 있는 쓰쿠다 쪽을 가끔 호기심을 가지고 훔쳐보듯 하며 그가 말했다.

"당신의, 이런 건 말하자면 가벼운 마진(痲疹) 같은 거라서 말이죠, 이것으로 끝났다고 방심했다가는 다시 도져서 혼쭐이 나는 경우도 있습니다. 뉴욕의 바람은 유명하니 모쪼록 앞으로는……."

열흘하고 며칠 만에 삿사가 처음 옆방의 소파까지 일어나 왔을 때 노부코는 기뻐서,

"만세! 만세!"

하고 외치며 그곳을 뛰어다녔다.

"보세요, 아버지. 저 아주 훌륭한 간호부였죠?"

"그래, 그래."

삿사는 노부코의 손을 잡아 자기 옆에 앉혔다.

"자, 이젠 어머니께 편지를 보내도 되겠구나."

기뻤다. 마음이 놓였다. 벅찬 마음에 눈물이 노부코의 뺨을 타고 줄줄 흘러내렸다. 그녀는 울상이 되어버린 웃는 얼굴로 아버지의 팔 밑에 자신의 머리를 마구 찔러넣었다.

삿사는 애를 먹으며 회복기를 보냈다. 정상 체온보다 2, 3부 높은 날이 있기도 하고, 또 때때로 극심한 두통이 재발하기도 했다. 삿사는 첫날 용기를 내어 옆방까지 오기는 했으나, 이튿날부터는 화장실만 오갈 뿐 역시 하루 종일 누워 있었다. 그래도 어쨌든 두려움의 시간은 지났다. 여러 사람들이 그의 침대 주위를 드나들기 시작했다. 웃음소리도 들렸다. 다기를 가지고 들어왔다. 노부코는 무엇보다 공포와 불안과 필요로 가득했을 때에는 자신들에게서 멀어져 소리를 죽이고 있다가, 무슨 일 있었냐는 듯 다시 모습을 드러낸 것을 보는 일종의 청신함과 아이러니를 일상생활로의 복귀에서 느꼈다.

이 무렵 아침의 추위는 꽤나 혹독했다. 노부코는 마음의 피로가 쌓였던 탓인지 매일 아침 잠자리에서 일어나기가 힘들었다. 충분히 잔 것 같은데도 눈을 뜨면 근육이 이완되어 있는 것을 느꼈으며, 등이 침대에 들러붙은 듯 일어나기 힘들었다. 점심 가까이까지 꾸물거리는 날도 있었다. 그러던 어느 날 아침, 노부코는 용기를 내어 7시 조금 넘은 시간에 침대에서 나왔다. 무슨 일이 있어도 9시까지 B칼리지로 가지 않으면 안 되었다. 전날 학생 지도를 맡고 있는 로렌스 교수에게서 엽서가 왔다. 15일 전에 영문학과 사회학 청강을 신청해놓은 채 아버지의 병으로 출석하지 못했다. 그것들의 자세한 내용에 대해서 하고 싶은 이야기가 있으니 오라는 통지였다.

노부코는 수면부족으로 묘하게 오싹거리는 몸을 외투로 감싸고 커피와 달걀만을 먹은 뒤 밖으로 나섰다. 출근시간으로 지하전차의 스테이션에는 신문과 가방을 끌어안은 남녀가 무리지어 있었다. 노부코는 마침 들어온 급행에 몸을 실었다. 호텔에서 대학까지는 약 20분이면 갈 수 있을 터였다. 160번가라는 곳에서 내렸다. 플랫폼의 모습이 지난 번 쓰쿠다와 내렸을 때와는 조금 다르다는 사실을 이상히 여기며 개찰구를 빠져나와 거리로 나섰다. 거리를 한번 둘러보고 노부코는 어떻게 해야 좋을지 몰랐다. 거리는 틀림없이 160번가였으나 그곳이 브로드웨이가 아니라는 점만은 분명했다. 스테이션의 광장에서 C대학의 건물이 보이기는커녕, 가로 좌우에 늘어서 있는 것이라고는 창고처럼 보이는 건물들뿐이었다. 지하에서 함께 쏟아져나온 사람들은 냉담하게 서둘러 그 모퉁이를 돌아 모습을 감추었으며, 지난 신문이 흩어져 있는 아침의 지저분한 보도를 드문드문 게으르게 걷고 있는 것은 줄무늬 바지에 검은 상의, 사냥모자 차림의 사내들이나 작업복을 입은 노동자들이었다.

노부코는 마음을 다잡고 앞의 거리를 향해 걷기 시작했다. 학교는 120번가에 있었다. 이 길을 120번가까지 거슬러 올라가면 오른쪽인가 왼쪽에 브로드웨이로 이어지는 샛길이 있을 터였다. 한참을 걸어서 그녀는 마침내 교통순사 한 명을 만났다. 그제야 비로소 자신이 전차를 잘못 타서 브로드웨이보다 훨씬 동쪽으로 와버렸다는 사실을 알게 되었다.

로렌스 교수는 일본에도 온 적이 있었다고 하는데, 노부코가 길을 잃었었다는 이야기에 크게 동정을 하며 웃었다. 용건은 영문학으로 신청한 시간 가운데 일부를 자유작문으로 하면 도움이 될 것이라는 권고였다. 그녀는 그를 위해서 미스 프래트라는 사람을 소개받았다.

1-10

로렌스 교수는 닛코(日光)와 가마쿠라(鎌倉)에 대한 이야기, 히다리 진고로25)의 잠자는 고양이가 운다는 전설 등

---

25) 左甚五郎 에도 시대 초기에 활동했다고 하는 전설적인 조각사.

을 떠올렸으며, 로마의 어떤 교회에는 벽화의 천사가 그 교회의 후원자 집안에서 세상을 떠나는 사람이 있으면 그의 머리맡에 선다는 전설이 있다는 등의 이야기를 했다. 노부코는 이야기 중간부터 점점 머리가 아파왔다. 보통의 두통과는 달랐다. 이마에서부터 뒤통수까지 테라도 끼워져 있는 것처럼 조여오는 느낌이었다. 시간이 흐름에 따라서 그 조여드는 느낌이 강해지자 안구를 움직이기조차 괴로워졌다. 안구가 딱딱해져서 움직이려고 하면 아픈, 그런 기분이었다.

실내의 온도가 부자연스럽게 높았기에 평소 건강했던 노부코는, 처음에는 그저 몸에 열이 오른 것이라고만 생각했다. 산책으로 혈액순환을 좋게 하면 되리라 생각했기에 밖으로 나온 그녀는 햇빛이 드는 보도를 호텔 쪽으로 걷기 시작했다. 화창한 12월의 한낮이었음에도 노부코는 오한이 들어 견딜 수가 없었다. 등골에서부터 전신으로 몸서리가 쳐졌으며, 여러 가지 자극—자동차의 경적에서부터 구두의 조그만 뒤꿈치를 타고 전해지는 포장된 인도의 딱딱함까지가 전부 조금의 용서도 없이 머리에 울렸다. 눈을 똑바로 뜨려고 하는 것부터가 우선 노력이 필요했다. 길가에 쓰러질 염려만 없다면 어디든 상관없으니 한시라도 빨리 어두운 구석에 머리를 처박은 채 잠들어버리고 싶었다. ……그녀는 의지할

곳 없이 나약하고 울고 싶은 기분이 되어, 한 길모퉁이에서 전차에 올랐다. 전차는 노란 차체에 한가로이 햇빛을 받으며 조금 달렸다 싶으면 덜컹, 또 덜컹, 귀찮을 정도로 1번가마다 멈추며 나아갔다. 등나무가 깔린 차고 딱딱한 좌석 위에서 눈을 감은 채 노부코는 흔들림에 따라 치밀어오르는 구역질을 간신히 참았다. 그녀는 의식을 절반쯤 잃은 상태에서 호텔의 방으로 돌아왔다.

침실에는 삿사가 베개에 기대어 앉아 있었다. 쓰쿠다도 있었는데 그는 벽 앞에 서서 무엇인가 이야기를 하고 있었다.

노부코는 누구도 쳐다보지 않고,

"다녀왔어요."

라고 말했다. 모자를 벗은 그녀는 그것을 내던지듯 아버지의 침대 끝자락에 놓고,

"몸이 좋지 않아서 견딜 수가 없어요."

라고 호소했다. 아버지의 얼굴을 보자 울고 싶은 마음이 강해졌다. 쾌활하게 이야기를 나누고 있던 삿사는 노부코의 울먹이는 목소리에 진심으로 놀랐다.

"왜 그러냐?"

삿사는 노부코의 턱으로 손을 가져가 자신 쪽으로 얼굴을

돌렸다.

"안색이 왜 이러냐? 춥냐? 응? 아프냐? 이거 안 되겠다.
얼른 누워라. 자, 어서 이 방에 누워라."

노부코는 거기에 대답하지 않고 뚱하게, 한껏 노려보는
듯한 눈빛으로 쓰쿠다의 복장을 가만히 살펴보았다. 그녀가
엉뚱하게도,

"말에라도 타실 건가요?"

라고 물었다. 쓰쿠다는 위에만 재킷을 입고 있었으며 아래에
는 거친 천의 국방색 바지에 무릎까지 오는 부츠를 신고
있었다. 쓰쿠다는 노부코의 물음에 오히려 놀란 듯,

"아아, 이건 YMCA의 단복입니다."

라고 짧게 대답했다.

"―누우시는 게 좋겠습니다. ……피로가 쌓였던 거겠죠,
아마. 마음을 쓰셨으니까."

그의 도움을 받아 노부코는 외투를 벗었다.

"자―, 옆에 와서 누워라."

아버지가 옆에 하나 더 놓여 있는 침대 쪽으로 몸을 움직
여 그 이불을 두드렸다.

"저기가 좋아요."

노부코는 쓰쿠다에게 끌려가듯 발을 끌며 자신의 침실로

가서 문을 닫았다.

"아, 방 문을 잠그지는 말아달라고 말해주세요."

라는 아버지의 목소리가 들려왔다.

차가운 잠옷! 싸늘한 시트! 차갑고, 싸늘하고, 너무나도 추워서 노부코는 덜덜덜덜 이를 부딪쳐가며 가능한 한 작게 몸을 말았다. 머리는 돌이 되어버린 것처럼 아팠다. 아아, 누군가가 이 머리를 쓰다듬어주었으면! 좀 더 따뜻하게, 따뜻하게 이불을 덮어주면 얼마나 좋을까. …….

아무도 없어. 이런 이불밖에 없어……. 추워……. 물에 젖은 토끼야. 정말 물에 젖은 토끼야. 노부코는 어린아이처럼 베개에 얼굴을 문질렀다.

"어머니……, 어머니……."

노부코는 점점 아득해지는 것을 느끼며 눈가로 눈물을 흘렸다.

노부코는 퍼뜩 정신이 들었다. 주위는 벌써 밤이었다. 전등이 환하게 켜져 있었으며 아버지가 기모노를 입은 채 어찌해야 좋을지 모르겠다는 듯 서 있었다. 그녀는 눈이 부셔서 몸을 돌려 누우며 아버지도 아직 무리를 해서는 안 되는데, 하는 걱정이 들었다. 그 말을 하려 했으나 목소리가 나오지 않았다. 다시 몸을 뒤척이려 한 순간 천 길 낭떠러지로 떨어진 듯 머리가 아득해졌다. 다시 혼돈이 찾아왔다. 오한이 그친 대신 고열과 경련이 일어났다.

저항할 수 없는 힘에 의해 몸이 묘하게 들어올려지듯 꿈틀꿈틀 젖혀졌다. 온몸으로 딸꾹질을 했다. 노부코는 그때마다 끊어질듯, 끊어질듯 슬픈 외침을 올렸다. 그녀는 무엇인가를 힘껏 붙들어 이 고통스럽고 기운이 빠지는 충동을 제지하고 싶었다. 그러나 어디에도 잡을 것이 없었다. 머릿속과 바깥 모두 플래시라이트에 둘러싸인 것처럼 전체가 빛의 소용돌이였다. 그 빛의 바다가 쉴 새 없이 흔들리고, 번뜩이고, 빙글빙글 맴돌았기에 정신이 없었다. 밝았다. 밝고 괴로웠다.

"힘들어요, 저……. 잠들게 해주세요, 잠들게."

그녀는 헛소리를 하며 자꾸만 몸을 꿈틀거렸다. 의식이 맑아지기도 하고 어두워지기도 했다.

오전 2시 무렵, 완전히 정신을 잃은 노부코가 호텔에서 병원으로 옮겨졌다. 자동차 속에서 그녀는 잠시 정신이 들었다. 그녀는 자신이 병원으로 가는 도중이라는 사실을 깨달았다. 하지만 누가 자신을 이렇게 끌어안은 채 머리에 쿠션을 대주고 있는 걸까, 꺼끌꺼끌해서 아픈 눈을 떠 어두컴컴함 속으로 애써 상대방을 주시했다. 쓰쿠다였다. 노부코가 눈을 떴다는 사실을 알고 그가 어린아이를 달래듯 그녀의 몸을 무릎 위에서 흔들며 말했다.

"힘드세요? 조금만 참으세요. 금방 괜찮아질 거예요. 거의 다 왔어요……."

한밤중에 병실에서 노부코의 옷을 전부 갈아입혔다. 야근을 하는 간호부가 나가자 쓰쿠다가 들어왔다.

그는 노부코의 이마를 쓰다듬으며,

"자, 여기까지 왔으니 이젠 괜찮을 거예요. ……마음 놓고 푹 주무세요."

라고 말했다.

"ㅡ괜찮아요. 내가 여기에 있으니."

어떻게든 깊이 잠들고 싶은, 잠으로 고통에서 벗어나고 싶은 노부코는 눈을 감았다. 잠들만 하면 경련이 일어났다. 몸이 꿈틀거렸다. 그럴 때마다 그녀는 아까처럼 신음했다.

"잠들게 해줘요……. 잠들게……."

"네네, 주무실 수 있을 거예요. 그만 주무세요."

그래도 노부코는 어느 틈엔가 잠에 빠지고 말았다. 몸의 마디마디가 녹아내릴 듯했으며 마음이 어둡고 편안한 곳으로 빨려들어가는 듯했다. 노부코는 머리카락이 어지럽게 헝클어진 얼굴을 베개에 올려놓은 채 코를 한 번 골 뻔했다.

묘한 감각 때문에 그녀는 반쯤 잠에서 깨어났다. 무엇인가가 얼굴에 닿았다. 갑자기 부드럽고 긴 입술 하나가 그녀의 입술에 닿았다. 온몸의 신경이 깨어났다. 쓰쿠다의 존재가 강렬하게 되살아났다. 노부코는 전신에 새로운 전율을 느끼며, 다시 정신을 잃어가며, 쓰쿠다의 목에 두 팔을 감아 그의 입술에 자신의 입술을 밀착시켰다.

누군가가 노부코의 팔을 만졌다.

"자, 벌써 아침이 왔어요."

그리고 노부코의 팔을 쓰쿠다에게서 떼어냈다.

"이번에는 제가 있어드릴게요. 이분도 주무시지 않으면 안 되니까요."

베개 위로 팔이 힘없이 떨어졌다. 노부코는 열에 들떠 초점이 잘 맞지 않는 눈으로 간호부를 보았다. 실내에 흐르는 새벽의 차가운 잿빛 광선이 느껴졌다. 노부코가 반사적으로 중얼거렸다.

"그래— 아침이 되었네."

자신은 잠을 잔 건지 만 건지 전혀 알 수 없었으며, 단지 출렁이는 커다란 파도에 밤새도록 시달린 듯한 극도의 피로를 심신으로 느꼈다. 졸려, 참을 수 없이 졸려.

"그래, 그래요. 착한 아가씨네요. 주무시지 않으면 안 돼요."

노부코는 희미하게 일그러진 미소를 지었다. 쓰쿠다의 목소리가 들려왔다.

"—그럼 또 오겠습니다. 뭐, 가지고 올 건 없나요?"

무거운 수면 속으로 빨려들어갈 것 같은 느낌과 싸우며 노부코는 간신히 정신을 집중했다.

"그럼 상자를 가져다주세요. —파란 가죽으로 만든, —빗 같은 것들이 들어 있는. —그리고 아버지께 말씀 좀 잘 해주세요."

알약 하나를 먹었다. 쓰쿠다는 이미 없었다. 역시 시간을 알 수 없는 언젠가 토해버리고 싶을 정도로 맛이 없는 코코아를 2순가락 먹었다.

노부코는 문 쪽에서 두런두런 무엇인가 말다툼을 하고 있는 듯한 목소리에 문득 눈을 떴다. 저물녘인지 주위는 어두컴컴했다. 어두컴컴한 속으로 격한 말투가 들려왔다.

"부탁이니 말은 걸지 마세요."

"그건 제 자유입니다. 저는 저 사람의 아버지에게 부탁을 받아 틀림없이 출입을 허락받았습니다."

"네, 그건 잘 알고 있어요. 그러니 방에 들어가시는 것은 상관없지만, 모쪼록 환자에게 말을 거는 것만은 자제해주세요. 절대로 신경을 쉬게 할 필요가 있으니까요."

쓰쿠다가 들어왔다. 침대 위의 노부코를 내려다보며 그는 끝끝내 평소 사람에게 말하듯,

"몸은 좀 어때요?"

라고 말했다.

"Oh! Please don't!"

노부코는 그가 이상할 정도로 고집을 피우는 것이 간호부에게 부끄럽다는 생각이 들었기에, 그렇게 묻는 것이 조금도 기쁘지 않았다. 그녀가 울고 싶은 듯한 머릿속에서 중얼거렸다.

'저 사람은 어째서 말을 하는 걸까?'

입을 다물고 있자니 쓰쿠다가 재촉을 하듯 다시 물었다.

"어때요, 기분은?"

노부코는 거기에 답하지 않고 슬프다는 듯 나무랐다.

"당신은 어째서 말을 하시는 거죠?"

갑자기 신경질적인 눈물이 눈꺼풀에 가득 찼다. 노부코는 우울함을 느끼며 그대로 잠들어버리고 말았다.

이상한 이야기 変った話

데라다 도라히코 寺田寅彦

데라다 도라히코

1878년에 도쿄에서 태어났다. 도쿄 제국대학을 졸업했으며 독일에
서 유학했다. 1916년에 도쿄 제국대학 교수가 되었고 이화학연구소 등
의 연구원을 겸하며 실험물리학, 응용물리학, 지구물리학 등 폭 넓은
연구를 전개했다. 또 고등학교 재학 중부터 나쓰메 소세키를 알게 되어
평생을 그 문하에 있었다. 요양 중이던 1920년 무렵부터 본격적으로
사생문을 쓰기 시작하여 다수의 저서를 남겼다. 인간관계에 대한 강한
관심, 자연과학에 대한 지식을 바탕으로 한 독자적 작풍을 보였다.

3. 맛있는 음식을 먹으면 감기에 걸리는 이야기

예전에 내가 근무하던 관청에 M이라는 고참 조수가 있었다. 상당히 해학적인 사람이었는데, 때로 재미있는 관찰의 시선을 인간 일반의 약점으로 향해 조금은 특이한 촌평을 하는 적이 있었다. 그 사내의 특이한 설 가운데 하나를 들어 보자면, 내가 감기에 걸려서 열이 나거나 할 때면, "맛있는 음식을 너무 많이 드신 거 아닙니까?"라고 말하며 싱글싱글 웃곤 했다.

맛있는 음식을 먹으면 감기에 걸린다는 말은 대체 어떤 의미인지 이해할 수 없었다. 맛있는 음식을 먹으면 영양이 되고, 너무 많이 먹으면 배탈이 난다는 사실은 알고 있었지만, 이 의학자도 물리학자도 아무것도 아닌 조수 M군의 감모 기원설은 당시 내가 가지고 있던 의학상의 지식을 초월한 것이었다.

그런데 그 당시, 나의 연구에 관한 어떤 그럴 듯한 실마리가 발견되어 너무나도 기쁜 나머지 작업에 몰두하게 되면, 그러한 때에는 반드시 감기에 걸리는 것 같다는 사실을 발견하게 되었다. 물론 이러한 사실도 그러한 때에 걸린 감기만이 특별히 기억에 남아 이런 편파적인 결론에 도달한 것일지도 모르겠으나, 반드시 그렇지만도 않으리라 여겨지는 이유는 틀림없이 있었다. 그런 식으로 몰두할 때에는 더위나 추위에 대한 실내온도 및 의복의 조절을 게을리 하는 경우가 아무래도 많고, 심신 모두가 과로에 빠지는 것을 마음이 긴장되어 망각한 채 무리를 하기 쉽기 때문에 자연스레 감기뿐만 아니라 여러 가지 병에 걸리기 쉬운 조건이 구비되는 것 아닐까 여겨진다.

그렇다면 이것은 정신적 진수성찬을 너무 많이 먹어서 감기에 걸리는 것이라고 말할 수 있을지도 모르겠다.

그러나 그 당시에는, 당시로서는 맛있는 음식이라 여겨졌던 소고기전골이나 간단한 양식을 배불리 먹어도 그 이후에 감기에 걸린 분명한 경험을 가지고 있지 않았기에 M군의 설은 아무런 의미도 갖고 있지 않은 단순한 독설이라고만 평가한 채 등한시하고 있었다.

그런데 우습게도 요즘 들어서 M군의 그 무의한 듯 여겨졌던 말이 얼마간의 의미를 부가받아 조금씩 기억 속에서 되살아나고 있다는 듯한 느낌이 든다. 그도 그럴 것이, 어쩌다 연회나 친구들과의 모임 등이 계속되어 매일 맛있는 음식을 먹다보면 그 결과 감기에 덜컥 걸려버리는 경험이 아무래도 실제로 많아진 듯한 느낌이 들기 시작했기 때문이다. 맛있는 음식의 직접적인 결과인지, 아니면 맛있는 음식에 수반되는 심신의 피로 때문인지, 그 점은 분명하지 않지만 어쨌든 실제로 그런 경우가 많아진 듯하다.

예로부터 거친 음식을 먹는 것이 장수의 한 방법이라는 설이 있었다. 생각해보면 이는 우리 M군의 설을 반대편에서부터 말한 것이라 여겨지기도 한다. 일반적인 상식으로 말하자면 대체로 나이를 먹으면 맛있는 음식을 먹어 영양을 잘 섭취하는 것이 좋을 듯 여겨지지만 맛있는 음식은 자신도 모르는 사이에 과식할 우려가 있다. 그러나 맛없는 음식은 과식을 하고 싶어도 과식을 할 염려가 없다. 다시 말해서 거친 음식 자체가 좋은 것이 아니라 과식을 하지 않게 되기 때문에 좋은 것일지도 모르겠다. 만약 거친 음식을 과식한다면 그 결과는 맛있는 음식의 포식보다 훨씬 더 안 좋은 것일지도 모른다. 그렇다면 결과적으로는 가능한 한 맛이 좋고 기름진 음식을 조금씩 먹는 것이 가장 좋은 장수법인지도

모르겠다. 이는 쉬운 것처럼 여겨지지만 매우 어려운 일인
듯하다.

위가 안 좋다, 안 좋다고 일 년 내내 투덜거리면서도 의외
로 남들보다 오래 장수한 노인들을 여럿 알고 있다. 이 역시
맛있는 음식을 마음껏 먹고 싶어도 먹을 수 없었던 덕분일지
도 모르겠다. 식욕부진 덕분에 맛있는 음식을 맛있게 먹지
못하는 행운을 갖추게 된 것이리라. 무엇이 행복이 될지는
알 수 없는 법이다.

4. 절반쯤 감기에 걸려 있으면 감기에 걸리지 않는 이야기

유행성 감모가 극성이라고 한다. 대나무 꽃이 피면 유행
성 감모가 유행한다는 설이 있는데 올해는 어땠을지. 마스크
를 쓰고 다니는 사람이 많다는 사실은 감모가 유행하고 있다
는 증거가 되지는 않는다. 유행한다는 소문에 공포심을 느낀
사람들이 많다는 증거일 뿐이다.

유행성 감모는 초기에 걸리면 가볍고 나중에 걸릴수록
악성이라고 사람들은 흔히 말한다. 미균(黴菌)이 점점 세파
에 시달려서 미균의 '사람'이 나빠지는 탓도 아닌 듯하다.

유행 초기에 서둘러 걸리는 사람들은 원래 저항력이 약한 사람이 아닐까 여겨진다. 그런 약한 사람들은 조금이라도 열이 나면 바로 몸이 버티지 못해서 결근하고 자리에 몸져누워 정양을 한다. 그렇게 하면 어떤 병이라도 대부분은 경증으로 끝나버린다. 그러나 저항력이 강한 사람은 병에 걸릴 확률이 적기 때문에 통계상 자연스럽게 뒤로 밀리기 쉽다. 게다가 그런 사람들은 걸려도 처음의 미약한 증상에는 좀처럼 항복하지 않는다. 그리고 불필요하고 위험한 인내를 하며 무리한다. 그러면 대부분의 병은 악화한다. 그러다 마침내 몸져누울 때가 되면 병이 이미 상당히 진행되어 위험에 접근하게 되는 것이리라. 실제로 평소 건강한 사람 가운데는 무리를 해서 병을 키우는 것을 최고의 명예로 생각하고 있는 것이 아닐까 여겨지는 듯한 사람도 있다.

자랑거리가 되지 못하는 것을 자랑하는 듯하여 우습지만, 나 같은 사람은 겨우내 절반쯤은 감기에 걸려 있다. 조금 더 자세히 말하자면 감기 증상을 경미한 정도로 유지하며 끊임없이 향락하고 있다. 무리를 하고 싶어도 무리를 할 수 없는 고마운 상황에 늘 거주하고 있는 셈이다. 그렇기에 온갖 도리를 지키지 못하고, 여러 사람들에게 소원하고, 추위를 피해 돌아다니며 가장 중요한 일이라 여겨지는 일만 조금씩 슬금슬금 하고 있다. 다행스럽게도 그 덕분에 올해는 아직 유행성 감모에도 걸리지 않았고, 따라서 폐렴에도 이르지 않고 오늘까지 온 것 같다는 생각이 든다. 하물며 눈 덮인 산속에서 조난당해 세상을 떠들썩하게 만들 걱정 따위는 절대로 하지 않아도 되는 셈이다.

위험의 경계선 바로 앞까지 와서 맴돌던 사람이 의외로 마침내는 경계선을 넘지 않고 끝나는 경우는 비단 병에서만 볼 수 있는 일이 아닌 듯하다. 온갖 죄악의 심연을 둘러싼 절벽 옆을 맴돌고 있어서 떨어져 빠지는 것이 아닐까 흠칫흠칫하던 사람이 의외로 평생을 무사히 보내는 경우가 있는 반면, 그런 죄악과는 무릇 거리가 있다 여겨지던 청정무구한 사람이 타인은 물론 자신도 모르는 사이에 단번에 달려와 그런 심연 속으로 똑바로 뛰어들어버리는 경우도 있는 듯하다. 마음속 죄의 짐이 발목을 잡아 자유를 속박당하고 있는 사람은 오히려 현실적 죄의 경계선을 넘기 어려운 걸지도 모르겠다.

당장에라도 전쟁이 일어날 것 같다는 상당히 높은 확률을 눈앞에서 확인한 각국이 지지 않기 위해 열심히 준비하고, 또 그렇게 해서 가능한 한 전쟁을 일으키지 않고 세계의 평화를 존속시키고 싶다는 염원을 잊지 않고 있으면 의외로

영원한 평화가 유지될지도 모르겠다는 생각이 든다. 만약 언제나 절반쯤 감기에 걸려 있는 것이 감기에 걸리지 않기 위한 묘책이라는 어리석은 궤변에 역설적인 진리가 담겨 있는 것이라고 한다면, 그런 식의 유추로 언제나 비상시의 일보직전에 있다는 마음가짐을 지속하는 것이 진짜 비상시를 맞지 않기 위한 부적이 된다는 어리석은 궤변에도 역시 얼마간의 진실이 담겨 있는 것일지도 모르겠다는 생각이 든다.

이런 어리석은 궤변을 부연해 나가면 실로 어처구니없는 묘한 의론이 여러 가지로 생겨나는 모양이다. 예를 들어 공자의 가르침 가운데 하나인 중용도 해석하기에 따라서는 '언제나 절반쯤 감기에 걸려 있어야 한다.'라는 식으로 받아들일 수 있을지도 모른다. 태어나서 죽을 때까지 칠팔십 년 동안 단 한 번도 감기에 걸리지 않는 사람이 있다면 오히려 주위 사람들이 곤란해질지도 모른다. 기독교적으로 봐도, 그만큼 건강으로 넘쳐 터질 것 같은 사람이 있다면 좁은 천국의 문을 지나기에 오히려 좋지 않을지도 모른다.

절반쯤 감기에 걸리라고 사람들에게 굳이 권하려는 것은 아니다. 허약한 자의 악에 받친 소리 속에도 역설적 진리가 있다는 말일 뿐이다.

대포알을 타고 지구로 진입한 외계 행성의 주민이 런던 부근에서 마구 날뛰어 당장에라도 지구가 초토화되는 것 아닐까 싶었으나, 어떻게 된 일인지 갑자기 활동이 뚝 끊겨 버린다. 이상하다 싶어 조사를 해보니, 외계 행성에는 나쁜 미균이 없기에 미균에 대한 항독소를 가지고 있지 않은 그 별의 주민들은 지구상의 여러 미균에 접하자 한시도 버티지 못하고 전멸하고 말았다. 이런 가공 소설을 쓴 사람이 있다.

　너무나도 이상적이고 완벽한 마스크를 쓰고 다니면 마스크를 벗는 순간, 이 외계 행성의 주민과 같은 일을 당하게 되지는 않을까? 이런 점을 생각한다면 남에게 함부로 마스크를 권할 수도 없어지고 만다. 그렇다고 해서 마스크를 쓰지 말라고 사람들에게 강요할 용기도 나지 않는다. 그저 이 세상에는 마스크를 쓰는 인종과 마스크를 쓰지 않는 인종이 존재한다는 사실을 실로 의미심장한 현상이라며 멍하니 바라보고 있을 뿐이다.

재채기嚏

사사키 구니佐々木邦

사사키 구니

1883년에 시즈오카 현에서 태어났다. 메이지 학원을 졸업하고 각지
의 고등학교와 대학에서 영문학을 강의하는 한편, 마크 트웨인 등을
번역했다. 그 영향으로 일본에서는 소수파인 유머 작가가 되었다. 그의
작품은 건전한 합리주의를 바탕에 깔고 있어서, 자칫 만담풍의 말장난
으로 그치기 쉬운 일본의 유머 소설에 처음으로 근대적인 성격을 부여
했다. 소시민적 양식을 바탕으로 한 근대적 명랑작가로 커다란 인리를
누렸다.

사위(女婿)

　세이노스케(清之介) 군의 결혼식은 2개월이나 걸렸다며 지금도 하나의 이야깃거리가 되고 있다. 신혼부부는 결혼식 후 애정이 참으로 깊어서 1개월하고 스무 몇 날 동안을 방에 꽁꽁 틀어박혀 있었다. 너무 정신이 팔려 있었던 탓인지 세이노스케 군은 그 이후 처음으로 출근할 때, 넥타이 매는 법을 잊어버리고 말았다. 이럴 리 없을 텐데 하며 하얀 셔츠 바람으로 자신의 목매는 법을 연구하고 있자니 오한이 들었기에 혹시나 싶어서 다시 삼사일을 쉬었다. 원래는 결혼식과 신혼여행을 위해서 5일 예정으로 휴가를 잡은 이후, 정확히 2개월 만에 무사한 얼굴을 동료들에게 보인 것이었다. 지금은 자녀가 셋이나 생겨 이미 옛일에 속해버리고 말았지만, 이 일은 그 당시 회사 안에서 커다란 이야깃거리가 되었다.

　그 무렵 세계 감기, 일명 스페니시 인플루엔자라는 것이 일본 전체에서 유행했다. 이는 일본이 유럽대전에 참가하여 일등국이 되었다는 실증도 그 무엇도 아니었으며, 참으로 성가시기 짝이 없는 도래품이었다. 악성의 유행성 감모로, 걸리면 바로 폐렴을 일으켰다. 도쿄에서만도 매일 수백 명에 이르는 시민이 이 악성 유행병의 먹잇감이 되었다. 학교까지 일시 폐쇄하는 형편. 누가 죽었다, 누가 죽었다, 라며 자신의 일가는 무탈할지라도 최소한 지인이나 친구를 잃지 않은 사람은 아무도 없었을 것이다. 이 소동의 영향이 지금도 도쿄의 전차 안에 흔적을 남기고 있다. ─기침이나 재채기를 할 때는 천조 각이나 종이 등으로 입과 코를 가릴 것─이라고 적혀 있다. 재채기는 그 방침을 하나하나 전차의 게시판에 지정해두어야 할 만큼 인생에서 커다란 문제일까? 콧구멍에 고장이라도 나지 않는 한, 애원을 해도 그렇게 쉽게는 나오지 않는 법이다. 그런데 당시에는 재채기를 통해서 세계 감기가 감염되었던 것이다. 스페인 사람의 남성인지 여성인지는 모르겠으나, 첫 번째 재채기를 한 사람에게 천만의 저주가 있기를! 재채기는 그 처치를 시 당국에서 이처럼 제정할 만큼의 커다란 사건이 되었다. 이러한 요지를 부연하듯 목숨을 아끼는 사람들은 모두 까마귀 같은 마스크를 쓰고 돌아다녔다. 공수병이 유행했을 무렵 부리망을 쓰고 쓸쓸함

을 맛보아야 했던 개들이,

"오호, 드디어 사람들도 당했군."

이라며 눈을 동그랗게 뜨고 쾌재를 불렀다고 한다. 이 유행성 감모가 극성을 부리며 창궐하던 때에 세이노스케 군은 결혼식을 올린 것이었다.

신부의 자리에 섰을 때 지배인의 따님인 묘코(妙子) 씨는, 요조숙녀로서는 있을 수 없을 만큼 매우 커다란 재채기를 한 번 하여, 안 그래도 부끄러운 신부의 얼굴을 더욱 붉히게 만들었다. 그러나 그 자리에 앉아 있던 아버지는,

'오오, 딸이 어딘가에서 칭찬을 받고 있군. 오늘 아침의 신문에도 딸의 결혼 소식이 실렸어. 도라노몬(虎の門)의 재원이라며 사진까지 실렸으니 지금쯤은 여기저기서 미모를 칭찬하고 있을 거야.'

라고 해석했다.

잠시 후 술잔을 교환하는 순서로 들어갔을 때, 신부는 두 번 연속으로 재채기를 했다. 역시 그 자리에 앉아 있던 어머니는 고개를 갸웃거리며,

'이거 이상한데. 누가 딸을 미워하고 있는 걸까? 미워하는 사람이 없도록 일부러 시어머니가 없는 집안을 골랐는데, 별 이상한 일도 다 있네.'

라고 생각에 잠겼다.

술잔 교환이 끝났을 때, 묘코는 세 번 재채기를 했고 두 손으로 얼굴을 감쌌다. 아버지 생각하기를,

'길조, 길조! 사위가 딸에게 홀딱 반한 거야.'

그러나 선물 공개가 끝나고 신랑이 먼저 자리를 떴을 때, 신부는 네 번 연속으로 재채기를 했다. 어머니가 딸 옆으로 다가가서,

"묘코야, 너 감기에 걸린 거 아니냐?"

라고 불안하다는 듯 물었다.

"저 아까부터 머리가 아파서 견딜 수가 없어요."

라며 묘코는 눈물을 줄줄 흘렸다. 중매인은 신부의 선물 가운데서 스페니시 인플루엔자를 공개하기 잊은 것이었다.

"열은 그렇게 없는 거 같은데."

라며 어머니는 딸의 이마를 손으로 짚어보았다.

"이를 어쩐다지. 세이요켄(精養軒)에 벌써 사람들이 모이고 있을 시간인데. 묘코야, 너 못 참겠냐?"

라며 아버지는 그렇게 심각하게는 생각하지 않았다.

"역시 있어요, 조금, 열이. 어쩌면……."

이라고 어머니가 말하는 동안 속담 속에 있는 재채기의 숫자를 이미 전부 다 해버린 묘코는 기침을 하기 시작하더니,

"저, 등에 찬물을 끼얹은 것처럼 오한이 들어서 도저히 견딜 수가 없어요."

라며 덜덜 떨기 시작했다.

"유행성 감모일지도 모르겠군."

하고 아버지는 비로소 떠올렸다.

"쉽게 해줘야겠어요. 아무것도 걱정하지 않아도 된다. 여기가 이미 너희 집이니. 누워 있든 서 있든 네 마음대로 해도 된다."

라고 어머니가 딸에게 지혜를 빌려주고,

"고지마(児島) 씨. 저기, 고지마 씨, 잠깐만."

하고 중매인을 불렀다.

"사실은 딸이 유행성 감모인 거 같소."

라고 아버지가 용건을 말했다. 이번 일에서는 중매인이지만 평소에는 회사의 부하이기에 고지마 씨는,

"아, 네네. 그거 참."

하고 어려워하며,

"어떻게 처리할까요?"

"바로 누울 수 있게 해주게. 그리고 의사를, 서둘러서."

라고 아버지는 완전히 지배인이 되어버렸다.

묘코는 다른 방에서 바로 자리에 누웠다. 이런 일에 대비

해서 하얀 비단으로 지은 침구까지 가지고 왔으며, 신랑 쪽에서도 전부 준비를 해가지고 왔다. 이것으로 당시 세계 감기가 얼마나 유행했었는지를 짐작해볼 수 있으리라. 그건 그렇고 친척들은 갑자기 어떻게 해야 좋을지 몰라 자리에 앉았다가 일어나기를 되풀이했다.

"여러분은 어쨌든……, 호텔이 아니지, 세이요켄으로 가계시기 바랍니다. 일이 이렇게 되어버렸으니 사위만 피로연에 보내도록 하겠습니다."

라고 아버지가 말했다.

"여보, 경사스러운 피로연인데 벌써부터 한쪽이 떨어져 나가다니 불길해요."

라고 어머니는 유행성 감모에 걸리면 죽는 줄로만 알고 있었기에 어쨌든 마음에 걸렸다.

"하지만 경사스러운 결혼식에서 발병하지 않았소? 건강한 사람만 갈 수밖에 방법이 없소."

"그러니까, 뒤로 미룰 수는 없을까요?"

"이제 와서 어떻게 미루겠소. 벌써 회사 사람들이 모두 모여 있소. 세이노스케 군만 참석시키도록 합시다."

"그래서는 한쪽이 부족하다고 말씀드리는 거잖아요."

"세이노스케 군이 나가지 않으면 양쪽 모두 부족하게 되오. 양쪽이 부족하면 일가 전멸 아니오."

"그런 말씀은 하지 마세요."

"그럼, 어떻게 했으면 좋겠소?"

라고 아버지는 기분이 언짢았다.

"세이노스케 군은 집에 있으라고 하고 고지마 씨 부부랑 저희가 잠깐 얼굴을 내밀면 되지 않을까요? 그렇죠, 고지마 씨?"

"그렇습니다, 그렇습니다."

라고 고지마 씨는 고개를 끄덕였다.

"하지만 당사자들이 한 사람도 얼굴을 내밀지 않는다면 피로가 되지 않소. 그럼 사진이라도 늘어놓을까, 장례식처럼."

하고 아버지는 벌써부터 심기가 불편했다.

"자자, 병에 걸린 것이니 하객들도 이해해주실 겁니다."

라며 홋카이도(北海道)에서 온 세이노스케 군의 형이 입을 열어,

"그리고 세이노스케는 피로라고 해봐야 동료들뿐으로 모두 알고 지내는 사이들이니 집에 남아 있기로 하고, 중매인들과 두 분이서만 나가셔도 되지 않을까요? 저도 함께 가겠습니다."

라고 자신의 존재를 주장했다. 중역의 딸과 평사원의 결혼이었기에 아무래도 신랑 쪽이 위축되는 것은 사실이었다. 신부 쪽의 친척은 잘나 보이는 사람들이 십여 명이나 자리를 잡고 있었지만, 신랑 쪽은 홋카이도의 운송회사 사장이 유일한 형으로, 그가 중풍에 걸린 아버지와 친척 전체를 홀로 대표하고 있었다. 물론 규슈(九州)에 있는 숙모의 배우자는 육군 대령이었다. 세이노스케 군은 너무나도 허전한 나머지 이분이 참석해주었으면 좋겠다고 생각하여 재삼 간청했지만 너무나도 먼 곳이었기에 결국에는 와주지 않았다.

"회사 사람들뿐이라면 아무래도 상관없지만, 그 외에도 여러 분들이 오실 겁니다. 하지만 그분들에 대한 대응은 집사람이 할 테니 그럼 말씀대로 할까요."

"그 점에 대해서는 제가 하객들에게 잘 말씀드리겠습니다."
라고 중매인도 한마디 보탰다.

"그렇게 좀 부탁하겠소. 그럼, 세이노스케 군, 부탁하네."
라고 시간이 시시각각 움직이고 있었기에 아버지는 마침내 승낙했다.

"네, 알겠습니다. 곧 의사도 올 테니까요, 네."
라며 세이노스케 군, 장인은 곧 지배인이라 생각하고 있었기에 한없이 저자세였다.

"가능한 한 일찍 끝내고 올 테니, 잘 부탁해요."

라고 어머니도 부탁했다.

"네, 알겠습니다. 네."

라고 일동이 자동차에 오르는 것을 배웅하고 난 뒤, 세이노스케 군은 신부가 누워 있는 방으로 되돌아와 예복을 입은 채 그 머리맡에서 대기했다. 식은 끝났지만 아직 말 한마디 섞지 않았기에 아내라고는 여겨지지 않았다. 아무리 용기를 내어보아도 지배인의 따님의 얼굴이 있을 뿐이었다.

"묘코, 몸은 좀 어때?"

라고 대담하게 한 방 먹였으면 좋았을 것을, 세이노스케 군은 극히 자연스럽게,

"묘코 씨, 몸은 좀 어떠십니까?"

라고 나와버렸다. 천하를 마누라에게 넘겨주느냐 자신이 쥐고 있느냐는 첫 번째 발걸음에 달려 있다.

"머리가 아파서……."

라며 신부는 이미 형식 따위는 집어던졌다. 여기서 깨닫는 바가 있어도 늦지는 않았을 테지만 세이노스케 군은,

"의사가 금방 올 테지만, 그 사이에 열을 한번 재보기로 하겠습니다."

라고 역시 예복을 벗지 못한 채, 여전히 편안하게 대하지 못했다.

"재주세요. 꽤 높은 것 같아요."

"기다리십시오. 지금 바로 검온기를 찾아가지고 오겠습니다."

"나가시는 김에 따뜻한 물도 한 잔 주세요. 할멈에게 그렇게 말하세요."

라고 묘코는 특별히 당일부터 지배인의 딸이라는 신분을 앞세운 게 아니라, 단지 남편으로 대한 것이었다. 그러나 세이노스케 군은 아내를 지배인의 따님으로 대하고 있었기에,

"네, 알겠습니다."

라고 대답했다. 하녀도 있고 살림을 돕기 위해 처가에서 할멈도 와 있으니 그들에게 명령한 뒤 담배라도 피우고 있으면 될 것을 자신이 직접 따뜻한 물을 가지고 와서,

"뜨겁습니다. 검온기는 여기에 두겠습니다."

"첫날부터 벌써 폐를 끼치네요."

라고 묘코는 병의 고통 속에서도 애써 가벼운 말투를 써서 마누라 티를 냈지만,

"아닙니다, 천만의 말씀입니다."

하고 세이노스케 군은 아내를 언제까지나 아가씨 취급했다. 훗날 하나에서부터 열까지 전부 공처가가 되어버린 것도 참으로 이유 없는 일은 아니었다.

묘코는 이제 재채기는 멈췄으나 자꾸만 기침이 났다. 시계를 보고 있던 세이노스케 군이,

"이젠 됐을 겁니다."

라고 말해도 들리지 않을 정도였다. 어쩔 수 없이,

"실례합니다만, 잠깐……."

이라고 양해를 구하고 묘코의 겨드랑이 사이에서 검온기를 빼낼 수밖에 없었다.

"큰일입니다. 39도 7부!"

"유행성 감모겠죠?"

라고 조그맣게 중얼거린 뒤 묘코는 눈을 감았다. 기다란 눈썹에 눈물이 이슬처럼 맺혔다.

"글쎄, 모르지요. 가슴이 아프신가요?"

라고 물어도 대답이 없었다. 단지 숨소리만이 빠르고 거칠게 들려왔다.

"묘코 씨, 아프신가요?"

"곧 의사가 올 겁니다."

아내는 남편의 노예가 아니다. 기분에 따라서는 남편의

말에 대답하지 않아도 된다. 특히 자신에게 어떤 불편한 일이 있고 남편이 귀찮게 여겨질 때에는 그렇게 일일이 대답을 하지 않아도 된다. 혹시 그게 마음에 들지 않아서,

"이봐, 대답을 해! 너는 귀도 없어?"

라고 나무라면,

"당신도 꽤나 멋대로 사시네요. 제가 갖고 싶다는 것을 단 한마디 대답으로 사주신 적 있으세요?"

라고 맞받아칠 자격이 있다. 묘코는 이미 아내가 되었기에 그 관습의 실행을 마음속에 두고 있었던 것이다. 그러나 눈치가 없는 세이노스케 군은,

"묘코 씨, 따뜻한 물은 안 드실 건가요?"

라며 언제까지고 윗사람을 모시는 듯했다.

그때 인력거가 현관에 멈춰서더니 할멈과 하녀가 의사를 안내해 들어왔다. 간절히 기다리고 있던 세이노스케 군은 정중하게 맞아들이고 방석을 권하자마자 발병 당시의 모습을 바로 설명하기 시작했다. 선생은,

"네에, 네에."

하고 끄덕이며 듣고 있었다.

"네에, 그랬군요. 결혼식에서……. 그거 참 축하드립니다."

라고 가볍게 축하인사를 한 뒤 신부 쪽을 바라보며,

"……네에, 그대로 누워 계세요……. 피로연에도 못 가시고……. 네에, 그렇군요. 거의 끝까지 다 왔는데, 이거 약간 딱하게 됐습니다."

라고 다시 세이노스케 군의 얼굴을 바라보며 파안일소했다.

진찰 결과는 말할 것도 없이 유행성 세계 감기라고 결정 지어졌다. 앞으로 이삼일이 가장 중요해서 폐렴으로 발전하지 않으리라고 장담할 수 없다는 것이었다. 의사는 간병 방법을 자세히 가르쳐주고, 또 간호부를 주선해주겠다고 말한 뒤 돌아갔다. 이후부터 세이노스케 군, 더는 격식을 차리고 있을 수만도 없었다. 하녀를 얼음가게로 달려가게 했다. 뒤이어 얼음주머니를 사오라고 할멈을 보냈다. 그 사이에 스스로 가스에 매달려 탕파에 넣을 물을 끓였다. 아내를 얻을 생각만 했지 간병 준비는 되어 있을 리 없었기에 실제로 허둥대지 않을 수 없었다.

"여보, 저 병이 나을까요?"

라고 묘코가 두렵다는 듯 물었다.

"괜찮습니다. 아직 폐렴으로 옮겨갈 거라고 확정된 것도 아니니 걱정하실 필요 없습니다."

라고 세이노스케 군은 힘을 불어넣었다.

"어머니는 아직 안 오셨나요?"

"이제 곧 돌아오실 겁니다."

"이렇게 폐를 끼쳐서 정말 미안해요."

"아니요, 천만의 말씀을."

세이노스케 군에 대한 폐는 단지 신부의 간병에만 그치지 않았다. 묘코가 3일째에 의사의 걱정대로 폐렴 증상을 보이기 시작했을 무렵부터, 세이노스케 군도 기침을 시작했고 밤이 되어 잠자리에 눕자 열이 나기 시작했다. 그리고 이튿날에는 유행성 감모, 그 이튿날에는 폐렴으로 부지런히 나아갔다. 서로가 우열을 가리기 어려울 정도의 중태로, 한때 회사에서는 누가 먼저 결판이 날까 수군거렸다. 그러나 온 집안사람들이 총동원되어 임한 간호가 효과를 거두어 묘코의 열이 먼저 떨어졌고, 그로부터 사흘 뒤에 세이노스케 군의 열도 떨어졌다. 무슨 일에나 아내 본위의 집안인 듯, 남편은 늘 뒤처졌다.

이제는 이야기를 나누어도 좋을 만큼 기운을 차렸을 때, 간병의 총지휘를 위해 아직 매일 찾아오던 어머니가 두 사람의 병실 사이에 있던 장지문을 떼어주었다.

"묘코 씨, 이젠 마음이 놓이시죠?"

라고 세이노스케 군이 먼저 안부를 물었다.

"다행이에요. 당신도."

라고 묘코는 두 사람 모두 다행이라는 뜻을 전달했다.

　"전, 다시는 못 뵐 줄 알았습니다."

　"저도. 하지만 이젠 괜찮겠지요?"

　"괜찮고말고요."

　"엉뚱한 선물을 가지고 와서 정말 미안하게 됐어요."

　"아니, 천만의 말씀을."

　세이노스케 군은 죽을 만큼 혼쭐이 났으면서도 전혀 마음에 담아두지 않았다.

　회복기에 들어서도 혹시 모를 일에 대비하여 두 사람 모두에게 간호부가 붙어 있었기에 세이노스케 군은 아내와 친밀해질 기회가 없었다. 따라서 역시 아내라고는 여겨지지 않았다. 여전히 지배인의 따님인 '묘코 씨'에 '그분'이었다. 게다가 더욱 불리하게도 도쿄에 의지할 만한 사람이 없는 세이노스케 군은 이 커다란 병을 앓는 동안 무슨 일에나 아내 집안의 신세를 크게 지고 말았다. 묘코가 가지고온 선물을 짊어지게 된 것이라는 사실은 잘 알고 있었으나,

　"덕분에 목숨을 건졌습니다."

라고 지배인 부부에게 감사인사를 하지 않을 수 없었다. 후 아무치라고 해야 할지, 양친도 그렇게 확신하고 있으니 어쩔

수 없는 일이었다. 묘코의 병이 옮은 것이라고는 결코 말하지 않았다. 그저 세이노스케 씨가 유행성 감모에 걸렸다고 전혀 별개의 일처럼 다루었다. 특히 어머니는 편애가 강해서,

"딸은 아마도 음악회에서 옮아가지고 온 것 같아요. 한 사람만으로도 충분했을 건데 사위까지 걸려서 말이죠. 게다가 그 사람은 참으로 정성껏 병을 앓더군요. 그 병은 잠복기가 길수록 성질이 좋지 않다고 해요. 딸하고는 달리 바로 호흡곤란에 빠져서 일주일 내내 제가 붙어 있었어요. 말하자면 산소흡입으로 목숨을 산 것이나 다를 바 없어요. 그나마 식이 끝나고 난 뒤였기에 다행이었죠. 타인에게 그 정도로 세심한 간병은 도저히 할 수 없으니까요."

라고 말했다. 마음속으로는 세이노스케 군의 병은 묘코에게서 옮은 것이라고 생각하고 있을지도 몰랐다. 어쨌든 처가는 아내의 부모이자, 동시에 사위에게는 생명의 은인이 되어버리고 말았다. 신혼 초부터 이 정도의 은총을 입었으니 안 그래도 고개를 들기 어려웠는데 이제는 완전히 들지 못하게 된 것도 당연한 일이었다.

세이노스케 군은 히토쓰바시(一ッ橋) 출신이었다. 해님이라고 해서 지금 근무하고 있는 회사만 비추고 있는 것은

아니다. 남들만큼의 솜씨를 가지고 있는 자라면 어디에 가도 밥은 먹을 수 있다. 지배인의 딸을 아내로 맞아들이지 않아도 입신출세의 길은 얼마든지 있다. 세이노스케 군의 혼담을 들었을 때, 같은 회사에 근무하는 친구인 쓰지무라(辻村) 군은 이러한 논리를 펼친 뒤,

"지배인의 사위라는 사실이 평생을 따라다닐 거야. 아무리 출세를 해도 그건 지배인의 사위이기 때문이라는 말을 듣게 될 거야. 나는 자네의 개성을 위해서 안타까워하고 있는 거야."

라고 주의를 환기시켰다. 그러나 세이노스케 군은 이미 고개를 끄덕이고 난 뒤였기에,

"아니, 개성은 온전히 지킬 거야. 양자로 가는 것도 아니고 기껏해야 여자 한 마리 아닌가. 어떻게든 조정할 수 있어."

라고 자신의 입장을 변호할 수밖에 없었다.

그야 어찌됐든, 젊은 피가 온몸에 가득 들어차 있는 덕분에 신혼부부는 하루가 다르게 회복되었다. 간호부도 돌아가서 비로소 둘만의 신혼집이 되었다. 하지만 처가에서 간섭하는 습관이 유행성 감모를 앓느라 혼란스러웠던 틈을 이용해 뿌리 깊게 자리 잡고 말아서, 어머니가 하루걸러 한 번씩

문안을 왔다. 게다가 묘코는 막내딸이었기에 애초부터 딸을 시집보내는 것 같기도 하고 데릴사위를 들이는 것 같기도 한 조건으로, 도쿄에 친척이 없는 세이노스케 군을 고른 것이었다. 그것은 사위도 중매인이 털어놓은 이야기를 통해서 진작부터 알고 있는 사실이었으나, 단순한 희망에 지나지 않을 것이라 해석하고 있었다.

그런데 어느 날,

"여보, 오늘은 잠깐 상의할 일이 있어서 어머니가 오셨어요."

라고 묘코가 말했다.

"사실은 우리가 세를 주던 집 하나가 갑자기 비었어요. 세이노스케 씨도 알고 계시죠? 우리 집에서 정류장으로 나오는 길 중간에 빨간 포스트가 달린 문이 있는 집이요."

라고 어머니가 바로 말하기 시작했다.

"이곳보다 훨씬 더 크고 볕이 잘 드는 집이에요. 폐렴 후에는 웬만하면 전지요법을 하는 편이 안심이 되지만, 그렇게는 할 수 없으니, 네, 여보, 이사하기로 해요."

라고 묘코도 말을 보탰다.

"네에, 저희가 이사를 하는 겁니까?"

라고 세이노스케 군은 비로소 의미를 깨달았다.

"어머, 남일처럼 말씀하시네. 오호호호호. 어머니, 저희 집세는 못 내요."

"아니, 보증금까지 전부 받을 거다. 오호호호호."

하고 어머니가 재미있다는 듯 웃어, 벌써부터 이사가 결정되어버리고 말았다.

스페인 독감 유행 당시의 포스터
지금과 달리 당시에는 양치질을 권장했다

이층에서 二階から

오카모토 기도 岡本綺堂

오카모토 기도

1872년에 도쿄에서 태어났다. 부립 제일중학을 졸업했으며 23세에 『도쿄 일일신문』에 입사했다. 이후 각 신문사를 전전하며 희곡, 극평을 집필했다. 44세에 발표한 희곡 「슈젠지 이야기」가 출세작이 되었고, 수많은 가부키 작품을 낳았다. 에도 시정의 생활에 관한 조예가 깊어서 1916년부터 「한시치 체포록」을 집필, 추리소설의 새로운 영역을 개척했다. 희곡 잡지인 월간 『무대』를 창간하여 후진 지도 및 작품 발표의 장을 만들었다.

10. 오소메(お染) 감기

지난 봄에는 인플루엔자가 유행했다.

일본에서 처음으로 이 병이 유행하기 시작한 것은 1890년의 겨울로, 1891년 봄에 이르러 더욱 창궐했다. 우리는 이때 처음으로 인플루엔자라는 병명을 알았으며, 그것은 프랑스의 배를 통해서 요코하마에 수입된 것이라는 소문을 들었다. 그러나 그 당시에는 인플루엔자라고 부르지 않고 보통은 오소메 감기라고 불렀다. 어째서 오소메라는 귀여운 이름을 붙였는가 살펴보면, 에도 시대26)에도 역시 그와 아주 비슷한 감모가 크게 유행했는데 그때 누군가가 오소메라는 이름을 붙여버렸다. 당시의 유행성 감모도 거기에 기인하여 오소메라고 부르게 된 것 아닐까 하고 어떤 노인이 설명해주었다.

---

26) 江戸時代. 1603~1868년.

그런데 오소메라는 이름을 붙인 옛날 사람들의 소견은 아마도, 오소메가 히사마쓰(久松)에게 반해 사랑의 열병을 앓은 것처럼 너무나도 쉽게 감염되는 수수께끼 같은 존재라고 생각한 것인 듯하다[27]. 그렇다면 반드시 오소메일 필요는 없다. 오나쓰(お夏)여도, 오슌(お俊)이어도, 고하루(小春)여도, 우메가와(梅川)여도 상관없었을 테지만, 오소메라는 이름이 가장 귀엽고 순진하게 들린다. 맹렬한 유행성을 가지고 있으며 때로는 사람을 쓰러트릴 만큼 무시무시한 이 병에 특히 오소메라는 가장 귀여운 이름을 붙인 것은 매우 재미있는 대조다. 과연 에도 사람다운 면이 있다. 그러나 예의 콜레라가 대유행했을 때는 에도 사람도 애를 먹었는지, 고하루라고도 우메가와라고도 이름을 붙인 사람은 없었던 모양이다. 코로리[28] 죽으니 코로리라고 별 운치도 없는 이름을 붙여버렸다.

그 병이 이미 오소메라고 이름 붙여진 이상 거기에 들씌

---

27) 오소메와 히사마쓰는 에도 시대 전기에 정사(情死) 사건을 일으켰다고 알려진 남녀의 이름이다. 오소메는 기름집의 외동딸이고 히사마쓰는 그 기름집의 종업원이었다. 두 사람은 서로를 사랑했으나 오소메가 다른 곳으로 시집을 가게 되었다. 그런데 오소메는 당시 이미 히사마쓰의 아이를 임신한 상태였다. 집안사람들이 모두 외출했을 때 오소메는 면도칼로, 히사마쓰는 목을 매어 자살했다고 한다. 두 사람의 이야기는 사건이 있던 바로 그 달에 가부키로 만들어져 상연되었다.
28) こ3り. 맥없이, 덜컥이라는 뜻의 일본어.

우는 환자는 히사마쓰가 아니면 안 된다. 이에 오소메의 침입을 막기 위해서는 '히사마쓰 출타 중'이라는 팻말을 붙이면 된다는 소문이 떠돌았다. 신문에도 그런 글이 실렸다. 물론 신문에서는 그것을 장려한 것이 아니라, 단지 일종의 기사로 현재 이런 일이 유행 중이라고 보도한 것이지만, 그것이 일반의 미신을 한층 더 부추겨 1890, 1891년 무렵의 도쿄에서는 '히사마쓰 출타 중'이라고 적은 종이팻말을 처마에 붙여두는 것이 유행했다. 개중에는 노골적으로 '오소메 사절'이라고 적은 것도 있었다.

1891년 2월의 바람도 없이 따뜻했던 어느 날, 내가 숙부와 함께 무코지마(向島)의 우메야시키(梅屋敷)에 갔을 때였다. 미메구리(三囲)의 제방 아래를 걷고 있자니 한 농가 앞에서 열일고여덟 살쯤의 젊은 아가씨가 하얀 수건을 쓰고 지금 막 쓴 '히사마쓰 출타 중'이라고 종이에 여자 글씨로 적은 팻말을 처마에 붙이는 것이 보였다. 처마 옆에는 하얀 매화가 피어 있었다. 그 풍경은 지금도 눈가에 남아 있다.

그 후에도 인플루엔자는 몇 번이고 유행을 되풀이했지만, 오소메 감기라는 이름은 첫 번째 유행 이후 끊기고 말았다. 하이칼라한 히사마쓰에게 들러붙기에는 역시 외래어인 인플루엔자가 어울리는 모양이라며, 우리 아버지는 웃으셨다.

그리고 그 아버지도 1902년에 역시 인플루엔자로 돌아가셨다.

도상途上

다니자키 준이치로谷崎潤一郎

다니자키 준이치로

1886년에 도쿄에서 태어났다. 도쿄 제국대학을 중퇴했다. 제2차
『신사조』에 발표한 「문신」이 나가이 가후의 극찬을 받아 탐미파
작가로 문단에 등장했다. 마조히즘에 대한 묘사와 높은 이야기성이 자
연주의 중심이었던 문단에 충격을 주었다. 관동 대진재를 계기로 간사
이 지방으로 옮겼는데 이후 작풍이 모더니즘에서 고전적 취향으로 변
모하였다. 전시 중에는 「겐지모노가타리」를 현대어로 번역했으며,
발매금지 처분을 받은 「세설」을 집필했다.

도쿄 T·M 주식회사의 사원으로 법학사인 유가와 쇼타로 (湯河勝太郎)가 12월도 얼마 남지 않은 어느 날 저녁 5시 무렵에 가나스기바시(金杉橋)의 선로변을 신바시(新橋) 쪽으로 천천히 산책하고 있을 때였다.

　"여보세요. 실례합니다만, 당신은 유가와 씨 아니십니까?"

　그가 마침 다리를 절반 이상 건넜을 때, 이렇게 말하며 뒤에서부터 말을 건 사람이 있었다. 유가와는 돌아보았다. ―그러자 뒤쪽에서 그로서는 일찍이 본 적이 없는, 그러나 훌륭한 풍채의 신사 한 사람이 정중하게 중산모를 잡고 예를 표하며 그 앞으로 다가왔다.

　"그렇습니다. 제가 유가와입니다만……."

　유가와는 잠시, 그 특유의 호인인 듯 당황한 표정으로 조그만 눈을 깜빡거렸다. 그리고 마치 회사의 중역을 대할 때처럼 조심스러운 태도로 말했다. 왜냐하면 그 신사는 완전히 회사의 중역을 닮은 당당한 인품이었기에, 그는 언뜻 본 순간 '길거리에서 말을 거는 무례한 놈.'이라는 감정을 곧 어딘가로 물리고 자신도 모르게 월급쟁이 근성을 그대로 드러낸 것이었다. 신사는 해달의 깃과 스페인견의 털처럼 풍성하고 검은 털이 달린 나사 외투를 입고(외투 안에는 아마도 모닝코트를 입었을 것이라 추정된다.) 줄무늬 바지에, 상아 손잡이가 달린 지팡이를 짚은 하얀 피부의 마흔쯤으로 보이는 뚱뚱한 사내였다.

"이거 이런 데서 갑자기 불러 세워서 실례인 줄은 압니다만, 사실 저는 이런 사람으로 당신의 친구인 와타나베(渡辺) 법학사— 그분의 소개장을 받아 지금 막 회사로 찾아갔던 참입니다."

신사는 이렇게 말하며 명함 2장을 건네주었다. 유가와는 그것을 받아 가로등 불빛 아래로 내밀어 보았다. 한 장은 틀림없이 그의 친구인 와타나베의 명함이었다. 명함 위에 와타나베의 손으로 이런 글이 적혀 있었다. —〈친구인 안도 이치로(安藤一郎) 씨를 소개하겠네. 이 사람은 나와 같은 지방 출신으로 나와는 오래 전부터 친하게 지내던 사람일세. 자네 회사에서 근무하는 모 사원의 신원에 대해서 조사하고 싶은 사항이 있다고 하니 만나보고 잘 좀 도와주기 바라네.〉

─ 다른 한 장의 명함을 보니 <사립탐정 안도 이치로 사무소 니혼바시 구 가키가라초 3번가 4번지 전화 나니와 50110번>이라고 적혀 있었다.

"그렇다면 당신이 안도 씨이신지─."

유가와는 거기에 서서 다시 한 번 신사의 모습을 빤히 바라보았다. '사립탐정' ─ 일본에서는 보기 드문 이 직업이 도쿄에도 대여섯 군데 생겼다는 사실은 알고 있었으나 실제로 보는 것은 오늘이 처음이었다. 그야 어쨌든 일본의 사립탐정은 서양의 그것보다 풍채가 훌륭한 모양이라고 그는 생각했다. 유가와는 활동사진을 좋아해서, 서양의 그것은 필름으로 종종 보아왔기 때문에.

"그렇습니다. 제가 안도입니다. 그 명함에 적혀 있는 것과 같은 요건에 대해서, 다행히 당신께서 회사의 인사과에 계시다고 들었기에 지금 막 회사로 찾아가 면회를 청한 참이었습니다. 어떻습니까? 바쁘신데 참으로 죄송합니다만, 잠깐 시간을 내주실 수 없으시겠습니까?"

신사가 그의 직업에 어울리는, 힘 있고 메탈릭한 목소리로 거침없이 말했다.

"아니요, 이제는 한가하니 난 언제든 상관없습니다만……."

하고 유가와가 탐정이라는 말을 듣고 나서는 '저'를 '나'로 바꾸어 말했다.

"내가 알고 있는 것이라면 희망하시는 대로 무엇이든 대답해드리겠습니다. 그런데 그 용건이라는 것은 매우 다급한 일인가요? 혹시 급한 일이 아니라면 내일은 어떻겠습니까? 오늘이라도 상관은 없지만 이렇게 길거리에서 이야기하는 것도 조금은 이상하니. ―."

"네, 그렇기는 합니다만 내일부터는 회사도 쉬는 날인데 댁까지 일부러 찾아갈 정도의 중요한 일도 아니니 불편하시더라도 이 부근을 잠깐 산책하며 말씀을 듣고 싶습니다. 게다가 당신은 언제나 이렇게 산책하는 것을 좋아하시지 않습니까. 하하하."

라고 말하며 신사는 가볍게 웃었다. 그것은 정치가 행세를 하는 사내 등이 곧잘 쓰는 호쾌한 웃음이었다.

유가와는 노골적으로 난처한 표정을 지었다. 그도 그럴 것이 그의 주머니에는 지금 막 회사에서 받아온 월급과 연말 상여금이 들어 있었기 때문이었다. 그에게 있어서 그 돈은 적지 않은 금액이었기에 그는 남몰래 오늘 밤의 자기 자신을 행복하다고 느끼고 있었다. 지금부터 긴자(銀座)에라도 가서, 얼마 전부터 졸라대던 아내의 장갑과 목도리를 사서―그

하이칼라한 그녀의 얼굴에 어울리는 두툼한 모피제품을 사서― 얼른 집으로 돌아가 그녀를 기쁘게 해주자, ―그런 생각을 하며 걷고 있던 차였다. 그는 이 안도라는 듣도 보도 못한 사람 때문에 갑자기 즐거운 공상이 깨졌을 뿐만 아니라 간만에 느끼고 있던 오늘밤의 행복에 금이 간 듯한 느낌이 들었다. 그야 그렇다 쳐도, 사람이 산책을 좋아한다는 사실을 알고 회사에서부터 뒤따라오다니 아무리 탐정이라고 하지만 얄미운 녀석이다, 이 사내는 어떻게 해서 내 얼굴을 알고 있는 걸까, 이런 생각이 들자 불쾌했다. 더구나 그는 배도 고팠다.

"어떠십니까? 그렇게 오래 걸리지는 않을 테니 잠깐 같이 걸을 수 없으시겠습니까? 저는 어떤 개인의 신원에 대해서 은밀한 얘기를 듣고 싶기에 회사에서 뵙기보다는 오히려 길가가 더 좋습니다."

"그런가요. 그럼 어쨌든 저기까지 함께 가도록 하겠습니다."

유가와는 어쩔 수 없이 신사와 나란히 신바시 쪽으로 다시 걷기 시작했다. 신사의 말에도 일리가 있었고, 또 내일이 되어 탐정의 명함을 들고 집에 찾아오는 것도 반갑지 않은 일이라는 사실을 깨달았기 때문이었다.

걷기 시작하자마자 신사— 탐정은 주머니에서 담배를 꺼내 피우기 시작했다. 그런데 거의 1정이나 걷는 동안 그는 그렇게 담배를 피우기만 할 뿐이었다. 유가와에게 바보 취급을 당한 기분이 들고 초조한 마음이 생긴 것은 말할 필요도 없는 일이었다.

"그럼, 그 용건이라는 것을 들어보겠습니다. 우리 사원의 신원이라고 하셨는데 누구를 말씀하시는 거죠? 내가 알고 있는 일이라면 무엇이든 대답할 생각입니다만. —."

"물론 당신이라면 알고 계시리라 생각합니다."

신사는 2, 3분가량 다시 입을 다문 채 담배를 피웠다.

"그러니까 혹시, 그 남자가 결혼을 하게 되었기에 신원을 살펴보려는 것 아닙니까?"

"네, 그렇습니다. 생각하신 대로입니다."

"나는 인사과에 있기에 그런 요청을 자주 받습니다. 대체 누구죠, 그 남자는?"

유가와는 이왕 이렇게 되었으니 그 일에 흥미를 느껴야겠다고 생각한 듯 호기심을 일으키며 말했다.

"글쎄요, 누구인가 하면, —그렇게 말씀하시면 조금 말씀드리기 어렵습니다만, 그 사람은 사실 당신입니다. 당신의 신원에 대한 조사를 의뢰받았습니다. 이런 경우에는 다른 사람에게 간접적으로 묻기보다 당신께 직접 듣는 편이 빠르겠다 싶어서. 그래서 찾아뵌 것입니다."

"하지만 나는, —당신은 모르실지도 모르겠습니다만, 이미 결혼한 몸입니다. 뭔가 잘못 알고 계신 것 아닙니까?"

"아니요, 틀림없습니다. 당신께 부인이 계시다는 사실은 저도 알고 있습니다. 하지만 당신은 아직 법률상 혼인신고를 하지 않으셨죠? 그리고 가까운 시일 안에, 가능하다면 하루라도 빨리 그 신고를 마쳤으면 좋겠다고 생각하고 계신 것도 사실이고요."

"아아, 그렇게 된 거로군요. 알겠습니다. 그렇다면 당신은 우리 집사람의 본가로부터 신원조사를 의뢰받으신 거로군요."

"누구에게 의뢰받았는지는, 제 직업의 책무상 말씀드리기 어렵습니다. 당신께서도 대충은 짐작하고 계실 테니, 그 점에 대해서는 묻지 마셨으면 합니다."

"네, 알겠습니다. 그런 건 조금도 신경 쓰지 않습니다. 내 자신에 관한 일이라면 무엇이든 내게 물어보시기 바랍니다. 간접적으로 조사를 당하는 것보다는 나도 그러는 편이 더 기분이 좋으니까요. —나는 그런 방법을 취한 당신에게 감사드리고 싶습니다."

"하하, 감사하신다니, 어찌해야 좋을지 모르겠습니다. ─나는 언제나(하고 신사도 '나'를 쓰기 시작하며) 결혼을 위한 신원조사에는 이런 방법을 쓰고 있습니다. 상대방이 상당한 인격을 갖추고 있고 지위가 있는 경우라면 실제로 직접 만나는 편이 틀림이 없으니까요. 그리고 아무래도 본인에게 직접 듣지 않으면 알 수 없는 문제도 있고."

"맞아요, 맞는 말이에요!"

라고 유가와가 기쁘다는 듯이 동의했다. 그는 어느 틈엔가 기분이 좋아져 있었다.

"뿐만 아니라, 나는 당신의 결혼 문제에 대해서 적잖이 동정심을 품고 있습니다."

신사가 기뻐하는 듯한 유가와의 얼굴을 힐끗 본 뒤, 웃으며 말을 이었다.

"당신 쪽으로 부인의 호적을 넣기 위해서는 부인과 부인의 본가가 하루라도 빨리 화해하지 않으면 안 됩니다. 화해하지 않으면 부인이 25세가 되실 때까지 앞으로 3, 4년은 더 기다려야 합니다. 그런데 화해를 하려면 부인보다 사실은 당신을 저쪽에 더 이해시킬 필요가 있습니다. 그것이 무엇보다도 중요합니다. 그래서 나도 가능한 한 모든 힘을 쏟을 생각이니, 당신도 그를 위해서라 생각하시고 나의 질문에 숨김없이 대답해주시기 바랍니다."

"네, 그건 나도 잘 알고 있습니다. 그러니 모쪼록 어려워 마시고, —."

"그렇다면, —당신은 와타나베 군과 동기로 학교를 다니셨으니 대학을 나오신 건 틀림없이 1913년이시겠군요? — 우선 이것부터 묻겠습니다."

"그렇습니다. 1913년에 졸업했습니다. 그리고 졸업하자마자 지금의 T·M회사에 들어왔습니다."

"네, 졸업하시자마자 지금의 T·M회사에 들어가셨습니다. —그건 알고 있습니다만, 당신이 이전의 부인과 결혼하신 것은, 그건 언제였죠? 그건 그러니까, 회사에 들어간 것과 동시였던 것 같습니다만—."

"네, 그렇습니다. 회사에 들어간 게 9월이었고, 그 다음 달인 10월에 결혼을 했습니다."

"1913년 10월이라, —(이렇게 말하며 신사는 오른쪽 손가락을 꼽아 헤아리고) 그럼 정확히 만 5년 반쯤 동거를 하신 셈이로군요. 예전의 부인께서 티푸스로 돌아가신 것은 1919년 4월이었을 테니."

"네."

라고 대답했으나 유가와는 이상하다는 생각이 들었다. '이 사람은 나를 간접적으로는 조사하지 않겠다고 했으면서, 여러 가지 사실들을 조사했어.' – 그랬기에 그는 다시 불쾌한 얼굴이 되었다.

"당신은 예전의 부인을 매우 사랑했었다고 하더군요."

"네, 사랑했습니다. –하지만 그렇다고 해서 지금의 아내를 같은 정도로 사랑하지 않는다는 말은 아닙니다. 세상을 떠났을 당시에는 물론 미련도 있었습니다만, 다행스럽게도 그 미련은 치유하기 어려운 것이 아니었습니다. 지금의 아내가 그것을 치유해주었습니다. 그렇기에 나는 그 점을 생각해서라도 구마코(久満子)와 무슨 일이 있어도, –구마코라는 건 지금 아내의 이름입니다. 이렇게 말씀드리지 않아도 당신께서는 이미 알고 계시리라 생각합니다만, –정식으로 결혼하지 않으면 안 될 의무를 느끼고 있습니다."

"그야 당연하신 말씀이십니다."

라고 신사는 그의 열의가 담긴 말투를 가볍게 받아넘기며,

"나는 예전 부인의 성함도 알고 있습니다. 후데코(筆子)라는 분이셨죠? –게다가 후데코 부인은 몸이 매우 약하셔서 티푸스로 돌아가시기 전에도 종종 병을 앓으셨다는 사실도 알고 있습니다."

"이거 놀랍네요. 역시 직업이 직업이신지라 전부를 알고

계시는군요. 그렇게까지 알고 계시다니 더는 조사할 것이 없을 듯한데요."

"아하하하하. 그렇게 말씀하시니 어찌할 바를 모르겠습니다. 누가 뭐래도 이걸로 밥을 먹고살고 있으니 너무 그렇게 나무라지 마십시오. ─어쨌든 그 후데코 부인의 병에 대해서인데, 그분은 티푸스를 앓기 전에 한 번 파라티푸스를 앓은 적이 있으셨죠? ……그러니까 그건 틀림없이 1917년의 가을, 10월 무렵이었습니다. 상당히 심한 파라티푸스로 좀처럼 열이 떨어지지 않아 당신께서 상당히 걱정하셨다는 얘기를 들었습니다. 그리고 그 이듬해인 1918에 들어, 정월에 감기로 오륙일 누워 계셨던 일도 있었죠?"

"아아, 그랬습니다. 그런 일도 있었습니다."

"그 다음은 또 7월에 1번, 8월에 2번, 여름이면 누구나 앓기 쉬운 설사병을 앓았습니다. 이 3번의 설사 가운데 2번은 매우 가벼운 것이었기에 자리에 누울 정도는 아니었으나, 1번은 약간 심해서 하루이틀 정도 누워 계셨습니다. 그리고 가을이 되자 이번에는 예의 유행성 감모가 유행하기 시작하여 후데코 부인께서는 2번이나 그것을 앓으셨습니다. 그러니까 10월에 1번 가볍게 앓으시고, 두 번째는 그 이듬해인 1919년 정월이었나요? 이때는 폐렴을 함께 앓아 위독한 용태였다고 들었습니다. 그 폐렴이 간신히 완치되었는데, 그로부터 2개월도 지나지 않아 티푸스에 걸려서 돌아가셨습니다. ─그랬었죠? 설마 내 말에 잘못된 곳이 있지는 않겠죠?"

"네."

라고만 말하고 유가와는 고개를 숙인 채 무엇인가 생각하기 시작했다. ─두 사람은 벌써 신바시 다리를 건너 연말의 긴자 거리를 걷고 있었다.

"예전의 부인은 참으로 가엾은 분이셨습니다. 돌아가시기 전후 반년쯤 사이에 목숨이 위태로울 정도의 큰 병을 2번이나 앓으셨을 뿐만 아니라, 그 동안에는 또 섬뜩할 만큼 위험한 일도 몇 번 당하셨으니까요. ─그 질식사건이 일어난 게 언제쯤이었죠?"

이렇게 말해도 유가와가 입을 다물고 있었기에 신사는 혼자서 끄덕이며 말을 이었다.

"그건 그러니까, 부인의 폐렴이 완전히 좋아져 이삼일 후면 자리에서 일어날 수 있겠다 싶었을 때, ─병실의 가스스토브에 뭔가 문제가 생겼었으니 역시 추운 계절이었겠죠? 2월 말이었던가요, 가스밸브가 느슨해져 있어서 한밤중에 부인께서 하마터면 질식하실 뻔했던 것은? 그러나 다행스럽게도 큰 사건으로는 이어지지 않았지만, 그 때문에 부인께서 이삼일 더 누워 계셨던 것만은 사실이죠. —그래, 맞아. 그리고 또 이런 일도 있지 않았습니까? 부인이 승합자동차[29]를 타고 신바시에서 스다초(須田町)로 가시던 길에 그 자동차가 전차와 충돌하여 하마터면……."

"잠깐, 잠깐만요. 나는 아까부터 당신의 탐정안에는 적잖이 감탄하고 있었습니다만, 대체 무슨 필요가 있어서, 어떤 방법으로 그런 것들을 조사하신 건가요?"

"아니, 특별히 필요한 건 아니었으나, 나는 탐정벽이 지나치게 강하기에 나도 모르게 쓸데없는 것까지 조사하여 사람들을 놀라게 해주고 싶어지곤 합니다. 나도 좋지 않은 버릇이라고 생각하고 있습니다만, 좀처럼 고쳐지질 않습니다. 곧 본론으로 들어갈 테니 조금만 더 참아주시기 바랍니다. —그런데 그때 부인은 자동차의 창이 깨져서 유리 파편에 이마를 다치셨습니다."

"그렇습니다. 하지만 후데코는 비교적 무감각한 여자였기에 그렇게 놀라지도 않았었습니다. 게다가 상처도 약간의 찰과상뿐이었습니다."

"그러나 내 생각에, 그 충돌사건에 대해서는 당신도 얼마간 책임이 있습니다."

---

29) 지금의 버스를 말한다.

"어째서?"

"왜냐하면 부인께서 승합자동차를 타신 것은, 당신이 전차를 타지 말고 승합자동차로 가라고 말씀하셨기 때문 아닙니까?"

"물론 그렇게 말했—을지도 모릅니다. 그런 자질구레한 일까지 분명하게 기억하고 있는 건 아닙니다만, 어쩌면 그렇게 말했을지도 모르겠습니다. 아니, 맞아요. 아마도 그렇게 말했을 겁니다. 그건 이런 이유에서였습니다. 후데코는 워낙 2번이나 유행성 감모에 걸린 뒤 아니었습니까? 그리고 당시는, 사람들이 붐비는 전차에 타면 감모에 감염될 확률이 매우 높다는 등의 얘기가 신문 등에 실렸을 무렵 아니었습니까? 그래서 나는 전차보다는 승합자동차가 더 위험이 적다고 생각한 겁니다. 그래서 절대로 전차를 타서는 안 된다고 강하게 말한 것입니다. 설마 후데코가 탄 자동차가 불행하게도 충돌하리라고는 생각지 못했으니까요. 내게 책임 같은 게 있을 리 없습니다. 후데코도 그런 일은 꿈에도 생각지 못했으며, 내 충고를 고맙게 생각했을 정도였으니까요."

"물론 후데코 부인은 당신의 친절에 늘 감사하고 있었습니다. 돌아가시기 직전까지도 감사하고 있었습니다. 그래도 그 자동차 사건만은 당신에게 책임이 있다고 나는 생각합니다. 물론 당신은 부인의 몸을 생각해서 그렇게 하라고 말씀하셨을 겁니다. 그건 틀림없는 사실입니다. 그럼에도 불구하고 나는 역시 당신에게 책임이 있다고 생각합니다."

"어째서?"

"모르시겠다면 설명해드리겠습니다. — 당신은 지금 설마 그 자동차가 충돌하리라고는 생각지 못했다고 말씀하셨습니다. 그러나 부인께서 자동차를 탄 건 그날 하루만이 아니었지요? 당시 부인께서는 커다란 병을 앓고 난 뒤로 아직 의사의 진료를 받을 필요가 있었기에 이틀에 한 번씩 시바구치(芝口)에 있는 댁에서 만세이바시(万世橋)의 병원까지 다니고 있었습니다. 그것도 1개월 정도 다녀야 한다는 사실은 처음부터 알고 있었습니다. 그런데 그 동안에는 언제나 승합자동차를 타셨습니다. 충돌사고가 있었던 것은, 그러니까 그 기간 중의 일이었습니다. 맞지요? 그런데 한 가지 더 주목해야 할 사실은, 당시는 마침 승합자동차가 막 다니기 시작한 무렵이었기에 충돌사고가 종종 일어났습니다. 충돌하지나 않을까 하는 염려도, 조금 신경질적인 사람에게는 상당히 있었습니다. —여기서 잠깐 말씀드리겠는데, 당신은 신경질적인 사람입니다. —그런 당신이 세상 누구보다도 사랑하는 부인을 그렇게 자주 그 자동차에 태웠다는 것은, 적어도 당신에게는 어울리지 않는 불찰 아니었을까요? 이틀에 한 번, 1달 동안 자동차로 왕복하면 그 사람은 30번의 충돌 위험에 노출되는 셈입니다."

"아하하하하, 거기까지 생각하셨다니 당신도 내게 뒤지지 않을 만큼 신경질적인 사람이로군요. 그렇습니다, 당신 말을 듣고보니 나도 그 당시의 일들이 조금씩 떠오르기 시작했는데, 그때 나라고 그런 사실을 전혀 의식하지 않은 것은 아니었습니다. 하지만 나는 이렇게 생각했습니다. 자동차의 충돌 위험과 전차에서의 감모 전염의 위험 중 어느 쪽이 더 확률이 높을까. 그리고 또, 만약 위험의 확률이 양쪽 모두 똑같다면, 어느 쪽이 더 생명에 위험할까. 이런 문제를 생각한 끝에 결국은 승합자동차가 더 안전하다고 생각한 것입니다. 왜냐하면 지금 당신께서 말씀하신 것처럼 1달에 30번 왕복한다고 치고, 만약 전차를 탄다면 그 30대의 전차 전부에 반드시 감모의 세균이 있다고 생각하지 않으면 안 됩니다. 그때는 유행의 절정기였기에 그렇게 보는 것이 지극히 당연했습니다. 세균이 이미 있다고 한다면 거기서 감염되는 것은 우연이 아닙니다. 하지만 자동차 사고는 어디까지나 우연스러운 재앙입니다. 물론 어느 자동차에나 충돌할 가능성은 있지만, 그래도 처음부터 화근의 원인이 뚜렷하게 존재

하는 경우와는 다르니까요. 그리고 나는 이렇게도 말할 수 있습니다. 후데코는 2번이나 유행성 감모를 앓았습니다. 그건 그녀가 평범한 사람보다 그것에 더 잘 걸리는 체질을 가지고 있다는 증거입니다. 따라서 전차를 타면, 그녀는 다수의 승객들 가운데서도 위험을 당하도록 선택받은 한 사람이 되지 않을 수 없습니다. 자동차의 경우 승객이 느끼는 위험은 평등합니다. 뿐만 아니라 나는 위험의 정도에 대해서도 이렇게 생각했습니다. 만약 그녀가 세 번째로 유행성 감모에 걸린다면 반드시 또 폐렴을 일으킬 것이 틀림없으며, 그렇게 된다면 이번에는 살아남기 어려우리라. 한 번 폐렴에 걸렸던 사람은 또 폐렴에 걸리기 쉽다는 말을 듣기도 했고, 더구나 그녀는 병후의 쇠약에서 충분히 회복되지 않았던 때였기에 나의 걱정은 기우가 아니었습니다. 그런데 충돌의 경우는, 충돌한다고 해서 모두가 죽는 것은 아니니까요. 아주 운이 없는 경우가 아니면 커다란 부상을 당하는 경우도 없고, 큰 부상이 원인이 되어 목숨을 잃는 경우는 거의 없으니까요. 그리고 나의 이런 생각은 역시 틀리지 않았습니다. 보십시오, 후데코는 왕복 30번 동안 1번 충돌사고를 당했지만, 조그만 찰과상에 그치지 않았습니까?"

"그렇군요. 당신의 말씀은 단지 그것만 들으면 일리가 있습니다. 어디에도 파고들 빈틈이 없는 것처럼 들립니다. 그러나 당신이 지금 말씀하시지 않은 부분 가운데, 사실은 놓쳐서는 안 될 것이 있습니다. 조금 전에 말씀하신 전차와 자동차의 그 위험 비율에 관한 문제, 자동차가 전차보다 위험률이 낮다, 또 위험이 있어도 그 정도가 가볍고 승객이 평등하게 그 위험성을 지고 있다, 이것이 당신의 의견이었던 듯합니다만, 적어도 당신 부인의 경우는 자동차를 타도 전차와 마찬가지로 위험에 대해서 선택받은 한 사람이었다고 나는 생각하고 있습니다. 결코 다른 승객과 같은 정도의 위험에 노출되어 있지는 않았을 겁니다. 바꿔 말하자면 자동차가 충돌할 경우, 당신의 부인은 누구보다도 먼저, 그리고 아마 누구보다도 커다란 부상을 당할 운명 아래에 놓여 있었습니다. 당신은 이 사실을 놓쳐서는 안 됩니다."

"어떤 이유로 그렇게 말씀하시는 거죠? 나는 잘 모르겠습니다만."

"오호, 모르시겠다? 거 참 이상하군요. —그런데 당신은 그때 후데코 씨에게 이런 말씀을 하셨죠? 승합자동차를 탈 때는 가능한 한 언제나 제일 앞쪽에 타게, 그게 가장 안전한 방법이니까, 라고—."

"그렇습니다. 그 안전이라는 것의 의미는 이런 것이었습니다. ─."

"아니, 잠시만요. 당신의 안전이라는 것의 의미는 이런 것이었겠지요. ─자동차 안에도 역시 얼마간 감모의 세균이 있다, 따라서 그것을 흡입하지 않기 위해서는 가능한 한 바람 앞 쪽에 있는 것이 좋다, 이런 이유였겠지요. 그렇다면 승합자동차 역시 전차만큼 사람이 붐비는 것은 아니지만, 감모 전염의 위험이 아주 없었던 것은 아니었겠군요. 당신은 조금 전에 이 사실을 잊고 있었던 듯합니다. 그리고 당신은 지금의 이유에 더해서, 승합자동차는 앞쪽에 타는 편이 진동이 적다, 부인께서는 아직 병후의 피로가 완전히 가시지 않았으니 가능한 한 몸이 흔들리지 않도록 하는 편이 좋다. ─이 2가지 이유로 당신은 부인께 앞에 탈 것을 권했던 것입니다. 권했다기보다는 오히려 엄격하게 명령을 하셨던 것입니다. 부인께서는 매우 순수한 분으로, 당신의 친절을 헛되이 하는 것은 좋지 않다고 생각하셨기에 가능한 한 명령에 따르겠다고 마음먹으셨습니다. 그렇게 해서 당신의 말씀은 착착 실행되고 있었습니다."

"……."

"아시겠습니까? 당신은 승합자동차에서의 감모 전염에 대한 위험성을 처음에는 계산에 넣지 않았습니다. 넣지 않았음에도 불구하고 그것을 구실로 앞쪽에 타게 했습니다. —여기에 하나의 모순이 있습니다. 그리고 또 하나의 모순은, 처음에는 계산에 넣었던 충돌의 위험성을 충돌 시에는 완전히 무시했다는 점입니다. 승합자동차 가장 앞쪽에 탄다, —충돌의 경우를 생각하면 이보다 더 위험한 일도 없을 겁니다. 거기에 자리를 잡은 사람은 그 위험에 대해서 결국 선택받은 한 사람이 되는 셈입니다. 그렇기에 보십시오, 그때 상처를 입은 사람은 부인밖에 없지 않았습니까? 그런 아주 작은 충돌에도 다른 손님들은 무사했지만 부인만은 찰과상을 입으셨습니다. 그것이 좀 더 격렬한 충돌이었다면 다른 손님은 찰과상을 입었을 테지만 부인만은 중상을 입었을 겁니다. 더욱 격렬한 경우였다면, 다른 손님들은 중상을 입고 부인만은 목숨을 잃으셨을지도 모릅니다. —충돌이라는 것은 말할 필요도 없이 우연임에 틀림없습니다. 그러나 그 우연이 일어난다면 부인의 경우 부상을 당하는 것은 우연이 아니라 필연입니다."

두 사람은 교바시(京橋) 다리를 건넜다. 그러나 신사도 유가와도 자신들이 지금 어디를 걷고 있는지는 완전히 잊은 듯, 한 사람은 열심히 이야기하며 한 사람은 말없이 귀를 기울이며 똑바로 걸어갔다. —

"따라서 당신은 어떤 일정한 우연적 위험 속에 부인을 두고, 다시 그 우연의 범위 안에서의 필연적 위험 속으로 부인을 내몬 셈이 됩니다. 이는 단순한 우연적 위험과는 의미가 다릅니다. 그래서는 과연 전차보다 안전할지, 그건 알 수 없게 됩니다. 무엇보다 당시의 부인은 두 번째 유행성 감모에서 막 나으신 뒤였습니다. 따라서 그 병에 대한 면역성을 가지고 있었다고 생각하는 것이 지극히 당연한 일 아니었겠습니까? 내 생각을 말씀드리자면 당시 부인에게는 전염의 위험이 전혀 없었습니다. 선택받은 한 사람이었지만, 그건 안전한 쪽으로 선택을 받은 사람이었습니다. 한 번 폐렴을 앓았던 사람이 다시 한 번 폐렴을 앓기 쉽다는 것은, 어떤 일정한 기간이 지났을 때의 얘깁니다."

　"하지만 말입니다, 그 면역성이라는 것을 나도 몰랐던 것은 아니지만 워낙 10월에 앓고 또 정월에 앓지 않았습니까? 이래서는 면역성이라는 것도 그다지 믿을 만한 것이 못 된다고 생각했기에……."

　"10월과 정월 사이에는 2개월이라는 기간이 있습니다. 그리고 그 당시의 부인은 아직 완전히 낫지 않아서 기침을 하고 계셨습니다. 남에게서 옮기보다는 남에게 옮기는 쪽에 있었습니다."

"거기에 말이죠, 조금 전에 말씀하신 충돌의 위험이라는 것도 말입니다, 충돌 자체가 이미 매우 우연한 경우이기에 그 범위 안에서의 필연이라고 해봐야 극히, 극히 드문 일 아닙니까? 우연 속의 필연과 단순한 필연은 역시 의미가 다릅니다. 게다가 그 필연이라는 것이 필연적으로 부상을 당한다는 것일 뿐, 필연적으로 목숨을 잃는다는 것은 아니지 않습니까?"

"하지만 우연히 격렬한 충돌이 일어난 경우에는 필연적으로 목숨을 잃게 된다고 말할 수는 있겠지요."

"네 말할 수 있겠지요. 하지만 그런 논리적 유희를 해봐야 무슨 소용이 있겠습니까?"

"아하하하, 논리적 유희라고요. 나는 그것을 좋아하기에 나도 모르게 그만 신이 나서 너무 깊이 들어간 듯합니다. 이거 실례했습니다. 곧 본론으로 들어가겠습니다. —그런데 들어가기 전에 지금의 논리적 유희를 먼저 정리하기로 합시다. 나를 비웃기는 했지만 당신도 사실은 논리를 상당히 좋아하는 듯하고, 이런 방면에서는 어쩌면 나의 선배일지도 모르니 흥미가 아주 없지는 않으리라 생각합니다. 그래서 지금의 우연과 필연에 관한 연구 말인데, 그것과 어떤 한 개인의 심리를 연결 지으면 거기서 새로운 문제가 발생합니

다. 논리가 더는 단순한 논리가 아니게 된다는 사실을 당신
은 깨닫지 못하셨습니까?"

"글쎄요, 꽤나 복잡하게 되어버렸군요."

"아니, 조금도 복잡할 건 없습니다. 어떤 사람의 심리란,
즉 범죄심리를 말합니다. 어떤 사람이 어떤 사람을 간접적인
방법으로, 아무도 모르게 죽이려고 합니다. ―죽인다는 말이
온당하지 않다면, 죽음에 이르게 하려 합니다. 그리고 그를
위해서 그 사람을 가능한 한 많은 위험에 노출되게 합니다.
그런 경우 그 사람은 자신의 의도를 깨닫지 못하게 하기
위해서라도, 또 상대방이 인식하지 못하도록 그곳으로 끌어
들이기 위해서라도 우연한 위험을 선택할 수밖에 달리 방법
이 없습니다. 그런데 그 우연 속에 쉽게는 눈에 띄지 않는
어떤 필연이 포함되어 있다면 그건 더욱 좋은 방법이 됩니
다. 이렇게 보면, 당신이 부인을 승합자동차에 태운 일은
우연히도 그 경우와 외형에 있어서 일치하지 않습니까? 나
는 '외형에 있어서'라고 말했습니다. 모쪼록 마음 상하지
마셨으면 합니다. 물론 당신에게 그런 의도가 있었다고는
말하지 않겠습니다만, 당신도 그런 인간의 심리는 이해하실
수 있으시겠죠?"

"직업이 직업이신지라 당신은 묘한 생각을 하시는군요.

외형에 있어서 일치하는지 어떤지는 당신의 판단에 맡길 수밖에 없겠습니다만, 겨우 1개월 사이에 30번 자동차로 왕복시키는 것만으로 그 사이에 사람의 목숨을 빼앗을 수 있다고 생각하는 사람이 있다면 그건 멍청이거나 정신이 이상한 사람일 겁니다. 그런 의지하지 못할 우연에 의지하는 녀석은 어디에도 없을 겁니다."

"그렇습니다. 단지 자동차에 30번 태운 것이 전부라면 그 우연이 명중할 기회는 적다고 할 수 있습니다. 하지만 여러 가지 방면에서 여러 가지 위험을 찾아내 그 사람 위에 우연을 몇 겹이고 몇 겹이고 덮어놓으면, ─그렇게 하면 결국 명중률은 몇 배고 늘어나게 됩니다. 수많은 우연적 위험이 모여 하나의 초점을 만들고 있는 속으로 그 사람을 끌어넣는 겁니다. 그럴 경우 그 사람이 받는 위험은 더 이상 우연이 아니라 필연이 되어버립니다."

"─예를 들어서 어떤 식으로 한다는 말씀이십니까?"

"예를 들어서 말이죠, 여기에 한 남자가 있는데 자신의 아내를 죽이려, ─죽음에 이르게 하려 하고 있습니다. 그런데 그 아내는 선천적으로 심장이 약합니다. ─이 심장이 약하다는 사실 속에는 이미 우연적 위험의 씨앗이 포함되어 있습니다. 그러니 그 위험을 증대시키기 위해서 심장을 더욱

좋지 않게 하는 조건을 아내에게 부여합니다. 예를 들어 그
남자는 아내에게 음주하는 습관을 들이게 하기 위해서 술을
마시라고 권합니다. 처음에는 잠들기 전에 포도주를 한 잔씩
마시라고 권합니다. 그 한 잔을 조금씩 늘려서 식후에는 반
드시 마시게 만듭니다. 이렇게 해서 점차 알코올의 맛을 알
게 했습니다. 그러나 그녀는 원래부터 술을 즐기는 경향을
가지고 있지 않은 여자였기에 남편이 바라는 만큼의 음주가
가 되지는 않았습니다. 이에 남편은 두 번째 수단으로 담배
를 권했습니다. '여자도 그 정도의 즐거움이 없어서는 견딜
수가 없지.' 이렇게 말하며 향이 좋은 외국 담배를 사와서는
그녀에게 피우게 했습니다. 그런데 이번 계획은 멋지게 성공
을 거두어 그녀는 1개월쯤 뒤에 정말 흡연가가 되어버렸습
니다. 그만 끊으려 해도 끊을 수 없게 되어버린 것입니다.
다음으로 남편은 심장이 약한 사람에게는 냉수욕이 유해하
다는 말을 듣고는, 그녀에게 그것을 하게 했습니다. '당신은
감기에 잘 걸리는 체질이니 귀찮아도 매일 아침 냉수욕을
하는 게 좋아.'라고 그 남자는 아내를 생각해서라는 듯 그녀
에게 말했습니다. 진심으로 남편을 신뢰하고 있는 아내는
그 말을 바로 실행에 옮겼습니다. 하지만 그러한 것들 때문
에 자신의 심장이 더욱 나빠지고 있다는 사실은 알지 못했습

니다. 그러나 그것만으로는 남편의 계획이 충분히 수행되었다고는 말할 수 없습니다. 그녀의 심장을 그렇게 좋지 않게 만들어놓은 뒤, 이번에는 그 심장에 타격을 주기로 했습니다. 즉, 가능한 한 높은 열이 계속되는 병, —티푸스나 폐렴에 쉽게 걸릴 만한 상태에 그녀를 놓는 것입니다. 그 남자가 처음으로 고른 것은 티푸스였습니다. 그 목적을 위해서 그는 티푸스균이 있을 만한 것을 아내에게 자꾸만 먹였습니다. '미국인들은 식사를 할 때 생수를 마셔. 물을 베스트 드링크라며 맛있게 먹어.'라는 등의 말로 아내에게 생수를 마시게 했습니다. 자극을 주는 겁니다. 그리고 생굴과 우뭇가사리에 티푸스균이 많다는 사실을 알고는 그것을 먹였습니다. 물론 아내에게 권하기 위해서는 남편 자신도 그렇게 하지 않으면 안 되었습니다만, 남편은 예전에 티푸스를 앓은 적이 있었기에 면역성이 되어 있었습니다. 남편의 이 계획은 그가 희망한 대로의 결과를 가져다주지는 않았지만, 거의 7할 정도는 성공을 할 뻔했습니다. 왜냐하면 아내가 티푸스에는 걸리지 않았지만, 파라티푸스에 걸렸기 때문입니다. 그리고 1주일 동안이나 고열에 시달렸습니다. 그러나 파라티푸스에 걸려 죽는 경우는 1할 내외에 지나지 않기에, 다행인지 불행인지는 모르겠으나 심장이 약한 아내도 목숨을 건졌습니다. 남편은 그 7할쯤의 성공에 기운을 얻어 그 후에도 변함없이 날것을 부지런히 먹였기에 아내는 여름이 되면 종종 설사를 했습니다. 남편은 그때마다 두근거리는 마음으로 경과를 지켜보았으나 얄궂게도 그가 주문한 티푸스에는 좀처럼 걸리지 않았습니다. 그러던 중에 남편을 위해서는 생각지도 않았던 기회가 마침내 찾아왔습니다. 그것은 재작년 가을부터 이듬해 겨울에 걸쳐서 유행한 악성 감모였습니다. 남편은 이 시기에 무슨 일이 있어도 그녀를 감모에 걸리게 하겠다고 계획했습니다. 10월이 되자마자 그녀는 과연 그것에 걸렸습니다. ─어째서 걸렸는가 하면, 그녀는 그 당시 목이 좋지 않았기 때문입니다. 남편은 감모 예방을 위해서 양치질을 하라며 일부러 도수가 높은 과산화수소수를 준비하여 그것으로 그녀에게 늘 양치질을 하게 했습니다. 그 때문에 그녀는 인후염을 앓게 된 것입니다. 뿐만 아니라 그때 마침 친척 가운데 큰어머니가 감모에 걸렸기에 남편은 문병을 위해 몇 번이고 그녀를 그곳으로 보냈습니다. 그녀는 다섯 번째 문병에 갔다오자마자 바로 열이 나기 시작했습니다. 그러나 다행스럽게도 그때 역시 생명에는 지장이 없었습니다. 그런데 정월이 되자, 이번에는 더욱 지독한 것에 걸려 결국에는 폐렴을 일으키고 말았습니다. ……."

이렇게 말하며 탐정은 약간 이상한 행동을 했다. —들고 있던 담배의 재를 톡톡 터는 것 같은 모습을 보이며 그는 유가와의 손목 부근을 두어 번 가볍게 찌른 것이었다. —무언중에 뭔가 주의라도 주려고 하는 것처럼. 그리고 두 사람은 마침 니혼바시의 다리 앞까지 와 있었는데 탐정은 무라이(村井) 은행 앞을 지나 오른쪽으로 꺾여져 중앙우편국 방면으로 걷기 시작했다. 물론 유가와도 그 옆에 들러붙어 가지 않을 수 없었다.

"이 두 번째 감모에도 역시 남편의 음모가 있었습니다."

라고 탐정이 말을 이었다.

"그때 처가 쪽의 아이가 감모를 심하게 앓아서 간다의 S병원에 입원하게 되었습니다. 그러자 남편은 청하지도 않았는데 부인을 그 아이의 간병인으로 보냈습니다. 그건 이런 이유에서였습니다. —'이번 감기는 전염력이 강하기 때문에 아무에게나 간병을 맡길 수 없다. 우리 집사람은 얼마 전에 감모를 막 앓고 난 뒤여서 면역력이 있을 테니 간병인으로 가장 적합하다.' —이렇게 말했기에 부인도 맞는 말이라고 생각하여 아이의 간호를 하는 동안 다시 감모를 짊어지게 된 것입니다. 그리고 부인의 폐렴은 상당한 중태였습니다. 몇 번이고 위험한 고비가 있었습니다. 이번에야말로 남편의 계획이 충분한 효과를 발휘할 듯했습니다. 남편은 그녀의 머리맡에서 그녀가 남편의 부주의로 이런 커다란 병을 앓게 되었다는 사실을 사과했습니다만, 부인은 남편을 원망하려 하지도 않고 어디까지나 생전의 애정에 감사하며 조용히 눈을 감을 것처럼 보였습니다. 그러나 이제 얼마 남지 않았 다 싶은 순간 부인은 이번에도 목숨을 건졌습니다. 남편의 입장에서 생각해보자면 공든 탑이 무너지는 순간—이라고 해야겠지요. 이에 그는 다시 머리를 짜냈습니다. 질병만을 이용해서는 안 되겠다, 질병 이외의 재난도 겪게 해야겠다. —이렇게 생각했기에 그는 우선 부인의 병실에 있는 가스스 토브를 이용했습니다. 그때 부인은 몸이 상당히 좋아진 상태 였기에 간호부도 더는 붙어 있지 않았지만, 아직 일주일 정 도는 남편과 다른 방에 누워 있을 필요가 있었습니다. 그런 데 남편은 어느 순간 우연히 이런 사실을 발견했습니다. — 아내는 밤이 되어 잠자리에 들 때면 불조심을 매우 중요하게 생각하여 가스스토브를 끄고 잔다는 사실. 가스스토브의 밸 브는 병실에서 마루로 나가는 방 문에 있다는 사실. 아내는 밤중에 한 번 화장실에 가는 습관이 있으며, 또 그때는 반드 시 그 방 문 앞을 지난다는 사실. 방 문을 지날 때 아내는 긴 잠옷자락을 질질 끌며 걷기에 그 자락이 5번에 3번까지는 반드시 가스 밸브에 닿는다는 사실. 만약 가스 밸브가 조금 더 약하다면 옷자락이 닿은 경우 그것이 느슨해질 것이라는 사실. 병실은 일본식으로 지어졌지만 자재들이 튼튼해서 틈새로 샛바람이 들어오지 않는다는 사실. ─우연히도 거기에는 그런 위험의 씨앗들이 준비되어 있었습니다. 이에 남편은 아주 조금만 수고를 하면 그 우연을 필연으로 데리고 갈 수 있다는 사실을 깨달았습니다. 그것은 곧, 가스 밸브를 좀 더 느슨하게 해두는 것이었습니다. 그는 어느 날, 부인이 낮잠을 자고 있을 때 몰래 그 밸브에 기름을 발라 그것을 부드럽게 해두었습니다. 그의 이 행동은 극히 비밀리에 행해졌지만, 불행하게도 그는 자신이 알지 못하는 사이에 그것을 누군가에게 들켜버리고 말았습니다. ─본 사람은 그때 그의 집에서 일하고 있던 하녀였습니다. 그 하녀는 부인이 시집올 때 부인의 고향에서 데리고 온 사람으로, 부인을 극진히 생각하는 재치 넘치는 여자였습니다. 뭐, 그야 아무래도 상관없는 일입니다만. ─."

탐정과 유가와는 중앙우편국 앞에서 가부토바시(兜橋) 다리를 건너, 요로이바시(鎧橋) 다리를 건넜다. 두 사람은 어느 틈엔가 스이텐구(水天宮) 앞의 전차가 다니는 길을 걷고 있었다.

"—그런데 남편은 이번에도 7할은 성공을 거두었지만 나머지 3할에서 실패를 하고 말았습니다. 부인은 하마터면 가스에 질식할 뻔했으나 목숨을 잃기 전에 눈을 떴고 한밤중에 커다란 소동이 벌어졌습니다. 어째서 가스가 샌 것인지, 그 원인은 곧 밝혀졌지만, 그것은 부인 자신의 부주의에 의한 것이라는 결론이 내려졌습니다. 그 다음으로 남편이 선택한 것이 승합자동차였습니다. 이는 조금 전에도 말씀드린 것처럼 부인이 병원에 다녀야 한다는 사실을 이용한 것으로, 그는 그 어떤 기회도 이용하기를 잊지 않았습니다. 그런데 자동차도 역시 실패로 돌아갔을 때, 다시 새로운 기회를 잡았습니다. 그에게 그 기회를 제공한 것은 의사였습니다. 의사는 부인의 병후 요양을 위해서 전지요법을 권했습니다. 어딘가 공기 좋은 곳에 1개월 정도 가 있도록, —이런 권고가 있었기에 남편은 아내에게 이렇게 말했습니다. '당신은 늘 병을 앓기만 하니 1개월이나 2개월 환경을 바꾸기보다는 차라리 집을 좀 더 공기가 좋은 곳으로 옮기기로 하세. 하지만 너무 먼 곳으로 옮길 수도 없으니 오모리(大森) 부근에 집을 구하는 건 어떻겠나? 거기는 바다도 가깝고 내가 회사에 다니기에도 편리하니.' 이 의견에 부인은 바로 찬성했습니다. 당신도 아시는지는 모르겠습니다만, 오모리는 식수가 매우 좋지 않은 지역이라고 하더군요. 그리고 그 때문인지 전염병이 끊이질 않는다고 합니다. ―특히 티푸스가. ―다시 말해서 그 남자는 재난을 이용하는 것이 뜻대로 되지 않았기에 다시 질병을 노리기 시작한 것입니다. 그랬기에 오모리로 이사한 뒤부터는 한층 더 맹렬하게 생수와 날것을 부인에게 제공했습니다. 변함없이 냉수욕에 힘쓰게 했으며 흡연을 권하기도 했습니다. 그리고 그는 정원을 손보아 나무를 잔뜩 심고 연못을 파서 물웅덩이를 만들고, 또 화장실의 위치가 좋지 않다며 그것을 저녁 해가 드는 쪽으로 방향을 바꾸었습니다. 이는 집 안에 모기와 파리가 발생하도록 하기 위한 수단이었습니다. 아니, 또 있습니다. 그의 지인 가운데 티푸스 환자가 생기면 그는, 자신은 면역이 있다며 종종 그곳으로 문안을 갔으며, 때로는 부인도 문병을 보냈습니다. 이런 식으로 그는 인내심을 가지고 결과를 기다릴 생각이었는데, 이번 계략은 뜻밖에도 빨리, 이사한 지 채 한 달도 지나지 않아서, 그리고 이번에는 충분한 효과를 발휘했습니다. 그가 티푸스에 걸린 한 친구의 문병에 다녀온 뒤 얼마 지나지 않아서, 거기에는 또 어떤 음험한 수단이 동원되었는지는 잘 모르겠으나, 부인이 그 병에 걸리고 말았습니다. 그리고 마침내 그 때문에 세상을 떠나고 말았습니다. ―어떻습니까? 이것은 당신의 경우와 외형만은 그대로 일치하지 않습니까?"

"네, ―그, 그야 외형만은―."

"아하하하하, 그렇습니다. 지금까지는, 외형만은, 입니다. 당신은 전처를 사랑했었습니다. 어쨌든 외형만은 사랑하고 있었습니다. 그런데 그와 동시에 당신은 2, 3년 전부터 전처에게는 숨긴 채 이미 지금의 부인을 사랑하고 계셨습니다. 외형 이상으로 사랑하고 계셨습니다. 그런데 지금까지의 사실에 이 사실이 더해지면, 앞서 말한 경우가 당신에게 해당하는 정도는 단지 외형만은 아니게 되어버립니다. ―."

두 사람은 스이텐구의 전차가 다니는 길에서 오른쪽으로 들어간 좁은 골목을 걷고 있었다. 골목 왼편에 '사립탐정'이라고 적힌 간판을 큼지막하게 걸어놓은 사무실풍의 집이 있었다. 유리창이 있는 2층에도, 1층에도 불이 환하게 밝혀져 있었다. 그 앞에 다다르자 탐정은 "아하하하하."하고 커다란 소리로 웃기 시작했다.

"아하하하하. 이젠 소용없습니다. 더 이상 숨기려 해도 소용없는 일입니다. 당신은 아까부터 떨고 계시는군요. 전처의 아버님께서 오늘밤, 저희 집에서 당신을 기다리고 계십니다. 아아, 그렇게 두려워하지 않아도 됩니다. 이리로 잠깐 들어오십시오."

그가 갑자기 유가와의 손목을 잡더니 어깨로 문을 힘껏 밀어 밝은 집 속으로 끌고 들어갔다. 전등에 비친 유가와의 얼굴은 새파랗게 질려 있었다. 그는 넋이 빠져버린 사람처럼 쓰러질 듯 비틀거리다 거기에 있는 의자 위에 엉덩방아를 찧었다.

도상의 범인途上の犯人

하마오 시로浜尾四郎

하마오 시로

1896년에 도쿄에서 태어났다. 도쿄 제국대학 법학부를 졸업했다. 자작(子爵)으로 검사생활을 하다가 이후 변호사로 개업하였다. 1929년에 처녀작인 「그가 죽였을까」를 발표했으며 이후 「황혼의 고백」 등의 작품을 쓰는 한편, 본격 추리소설의 논객으로 초기의 창작 추리문단에서 활약했다. 반 다인에 경도되어 그 영향으로 1931년에 쓴 「살인귀」는 중후한 구성으로 이루어져 있는데, 제2차 세계대전 이전의 몇 되지 않는 본격 장편 가운데 대표작이다.

1

도쿄 역에서 승차한 순간부터 나는 그 사내의 모습에 신경이 쓰이기 시작했다. 단순한 나의 생각만이 아니라, 그 사내도 힐끔힐끔 내 쪽에만 온통 주의를 기울이고 있었다.

창백한, 서른네다섯 살쯤의 마른 사내였다. 차림새는 그렇게 천박해 보이는 것도 아니었다. 말쑥한 정장에 중절모를 쓰고 있었는데 모자는 차에 타자마자 바로 선반에 올려둔 모양이었다. 외투는 특별히 따로 얘기할 만한 물건이 아니었다.

나는 분명히 그 사내를 어딘가에서 본 적이 있었다. 상대도 나를 알고 있는 듯했다. 그는 내 자리 건너편의 한 칸 너머에 앉아 있었는데, 그렇게 붐비지도 않는 삼등차 속에서 이런 눈싸움을 계속하며 간다는 것은 결코 유쾌한 일이 아니었다.

상대방은 어디까지 가는지 모르겠으나 나는 오늘밤에 T

시까지 가야 했다. 그 길고 긴 몇 시간, 이 이상한 사내와 마주보고 앉아 있어야 한다는 것은 적잖이 거북한 일이었다.

열차가 요코하마 근처까지 왔을 때 내 앞에 앉았던 사람이 내리기 위해 자리에서 일어났기에, 나는 그쪽으로 자리를 옮겨 이상한 사내에게서 등을 돌렸다.

그때 갑자기 그 사내가 누구인지 떠올라 나는 "뭐야."라고 중얼거렸다.

틀림없이 본 적이 있어, 하지만 어디서 봤는지는 아무래도 떠오르지 않아. 이런 기분을 맛본 경험이 있는 사람이라면 그 묘한 초조함을 잘 알고 있으리라.

그런 경우 나는 언제나 여러 사람들을 머릿속에서 빠르게 분류해 떠올려보곤 한다. 가장 먼저 검사로 재직한 수년 동안 관청에서 여러 사람을 만났기에(그리고 그런 사람들의 숫자가 가장 많기에) 우선 이 방면을 떠올려본다. 그러나 그 이상한 사내의 얼굴은 아무래도 그 속에서는 떠올릴 수가 없었다.

다음으로 나는 현재 변변찮은 탐정소설을 쓰고 있기에 잡지사 사람들이나, 마찬가지로 문필을 놀리고 있는 사람들을 자주 만난다. 게다가 그들은 사무적이고 형식적인 사이인 경우가 많다. 그렇기에 두 번째로는 그 방면의 사람들을 머릿속에서 수색해본다. 그러나 그 이상한 사내는 그러한 사람들 가운데서도 도무지 떠오르지 않았다.

마지막으로 나는 단순히 얼굴만 알고 있는 사람들을 직업별로 나누어 생각해보았는데, 그 어디에서도 그 이상한 남자의 얼굴은 끝끝내 나오지 않았다.

학생 시절의 친구나 법률가로서 현재 만나고 있는 사람들의 얼굴은 잊을 리가 없으니 결국 그 이상한 사내는 그 어디에도 들어 있지 않은 셈이 된다.

더는 방법이 없었기에 나는 우연히 만났던 사람들을 하나하나 생각해보았다. 예를 들어 택시 운전수의 얼굴이나, 제국 호텔 보이의 얼굴 등을.

그러자 갑자기, 그저께 밤에 신주쿠(新宿)에서 시오마치(塩町)까지 가는 전차 안에서 그 이상한 사내를 보았다는 사실이 마침내 떠올랐다.

물론 의미도 없이 전차의 승객을 기억하고 있을 리는 없었다. 내가 그때 그 사내에게 주의를 기울인 데에는 충분한 이유가 있었다.

신주쿠에서 내가 전차에 올랐을 때 그 사내도 함께 올라탔다. 그 이후부터 거의 대부분 내 얼굴만 바라보는 것이었다. 차장이 표를 끊을 때에도 멍하니 나만 바라보고 있다가

차장에게 뭔가 한마디를 들었을 정도였다.

그때 나는 '재수 없는 놈'이라고 생각했다. 이런 경우, 눈싸움에서는 절대 한 걸음도 물러나지 않는 것을 원칙으로 삼고 있는 나는 분명하게 그를 마주 노려보았다. 그러면 그 사내는 바로 시선을 돌려버렸다. 그러다 내가 다른 곳으로 시선을 돌리면 다시 나를 빤히 바라보니 참으로 어찌해야 좋을지 모를 인간이었다.

하지만 시오마치에서 내려버렸고 그곳의 혼잡한 길로 들어선 순간부터 나는 그 사내를 완전히 잊고 말았다. 만약 지금 열차에서 다시 만나지 못했다면 평생 떠올릴 일이 없는 얼굴이었다.

그 사내였다. 틀림없이 그 사내였다. 그 묘한 사내가 지금 같은 열차에 타고 있는 것이었다.

나는 새삼스레 잡지 하나 들지 않고 탔다는 사실을 후회했다. 원래 나는 어렸을 때부터 기차에 타면 차창의 풍경 바라보기를 좋아했는데, 그런 취미는 아직도 사라지지 않았다. 게다가 집에 있을 때는, 결코 열심히 공부하는 입장은 아니었으나 닥치는 대로 쓰고 읽는 버릇이 있었기에 가끔 기차여행을 할 때면 아무것도 들지 않고 멍하니 창밖 풍경에 빠져드는 것을 습관처럼 여기고 있었다. 그랬기에 오늘 역시 아무것도 들지 않고 탄 것이었다.

　물론 도쿄 역에서 신문을 두어 부 사기는 했으나 오모리를 지날 때쯤 그것을 전부 읽어버렸기에 더는 아무것도 들여다볼 것이 없었다. 달리 방법이 없었기에 이상한 사내에게 신경을 쓰면서도 창밖으로 지나가는 늦봄의 풍경을 가만히 바라보고 있었다.

　평소에는 그렇게 앉아 있다보면 창밖의 풍경에 빠져들거나, 그도 아니면 뭔가 재미있는 스토리의 제재가 머릿속에 떠오르곤 했지만, 이번만은 아까부터 그 사내가 묘하게 머리에 들러붙어 있어서도 도무지 떨어지려 하지 않았다.

　당장에라도 뒤에서부터 무슨 말인가를 걸어오지나 않을까, 그런 생각이 들어 영 마음이 차분해지지 않았던 것이다.

　열차는 제33열차 나고야(名古屋)행 보통차로 도쿄 역을 출발한 것이 오전 11시 35분이었다. 오후 1시 넘어서 마침내 고우즈(国府津)에 도착했기에 나는 도시락을 사고 동시에 판매원에게서 닥치는 대로 잡지 두어 권을 샀다. 그리고 하코네(箱根)의 터널을 지날 무렵에는 그 책을 펼쳐 보고 있었지만, 도무지 어떤 하나의 작품에도 몰두할 수가 없었다.

　이쯤에서 독자는, 단 한 번 만나서 눈싸움을 했던 그 사내를 내가 어째서 그렇게까지 마음에 두는 것인지 이상히 여길 지도 모르겠다. 사실은 나도 그 점에 대해서 빨리 이야기하고 싶었다. 쓸 수만 있다면 얼마든지 쓰고 싶었다. 그러나 막상 그 사내에 대한 기분을 묘사하려고 하면 아무래도 내 붓의 부족함을 한탄하지 않을 수가 없다.

한마디로 말하자면 조금 전에도 말한 것처럼 그 사내는 극히 평범한 모습이기는 했다. 그러나 뭐라고 말하면 좋을 지, 묘한 요기(妖氣)가 감돌고 있었다.

그저께 전차에서 보았을 때는 그렇지만도 않았으나, 지금 열차 안에서 가만히 보고 있자니 나는 뱀에게 습격을 받은 듯한 기분이 들었다. 아니, 거미를 봤을 때의 느낌과도 비슷했다. 또 민달팽이를 만졌을 때와 같다고도 생각했다.

이 뱀과 거미와 민달팽이의 혼혈아 같은 느낌이 드는 사내가 내 뒤편 5자(약 1.5m) 정도 떨어진 곳에 앉아 있다는 느낌은 결코 좋은 것이 아니었다. 이 기분은 그저 상상에 맡길 수밖에 없다.

내가 아무래도 책에 몰두할 수 없었던 것은 그런 이유 때문이었다.

나는 당장에라도 어깨 너머로 민달팽이 같은 손을 내미는 것은 아닐지, 뱀과 같은 머리를 들이미는 것은 아닐지, 거미의 다리로 휘감는 것은 아닐지 조마조마했다.

기차가 미시마(三島)를 출발했을 때, 마침내 그 뱀이 내 눈앞으로 그 머리를 분명하게 드러냈다.

2

미시마 역을 출발한 기차가 얼마 달리지 않았을 때 뒤에서 갑자기,

"실례하겠습니다."

라는 목소리가 들렸기에 나는 드디어 왔구나 싶어 흠칫했다.

나는 그때까지 그 사내가 어떤 모습으로 앉아 있고, 어떤 일을 하고 있었는지는 조금도 보고 있지 않았다.

실제로 (이건 매우 지저분한 얘기라 미안하지만) 하코네를 지났을 무렵 요의를 느꼈는데, 이 차량의 화장실에 가려면 아무래도 그의 앞쪽을 지나지 않을 수 없었기에 나는 그것을 피하기 위해 일부러 뒤편 차량의 화장실로 갔을 정도였다.

따라서 그가 지금까지 어떤 표정으로 있었는지는 알 길이 없지만, 아마도 내 머리를 바라보고 있었으리라.

"실례하겠습니다."

라는 말을 들었을 때, 이것이 그 사내의 목소리라고 바로

느꼈기에 나는 얼른 뒤를 돌아보았다.

돌아보았을 때는 이미 나의 오른쪽에 그 사내가 생글생글 웃으며 서 있었다.

"……."

"××선생님 아니십니까? 아까부터 아무래도 그런 것 같다고 생각하고 있었습니다."

사람의 이름을 물을 때는 자신의 이름을 먼저 밝히는 것이 예의다. 나는 이 물음이 마음에 들지 않았다.

"당신은 누구십니까?"

상대방은 여전히 생글생글 웃고 있었다.

"저는 아주 보잘것없는 시골의 교사입니다만……, ××선생님 맞으시죠?"

"네, 제가 ××입니다만……."

"이거, 저도 그럴 거라 생각하고 있었습니다. 그저께 밤에 전차 안에서 뵀을 때도 틀림없이 잡지에서 본 선생님의 얼굴이라고 생각했습니다만, 끝내 말할 기회를 놓쳐서……. 오늘 여기서 우연히 뵙게 되다니 정말 다행입니다."

뭐가 다행이라는 건지 나로서는 조금도 알 수가 없었다.

"선생님의 작품은 언제나 애독하고 있습니다."

"아아, 그거 참 감사합니다."

소설가에 대한 최대의 인사치레는 그의 작품을 읽고 있다는 말이다. 그러나 작가 입장에서 말하자면 진짜로 읽고 그렇게 말하는 것인지 알 수 없는 일이기에 두리뭉실 적당히 대답을 해두었다.

"요즘에는 탐정소설이 꽤나 인기가 있는 듯한데 좋은 일입니다."

"좋은 일인지 어떤지는 알 수 없습니다."

내게 이 대답은 별 의미도 없는 말이었으나, 상대방은 갑자기 발끈해서 말했다.

"선생님, 선생님은 정말 그렇게 생각하십니까?"

"무엇을 말씀하시는 건지."

"그러니까 지금처럼 이렇게 탐정소설이 유행하는 풍조를 좋다고는 생각지 않는다는, 혹은 한탄스러운 일이라고 생각한다는 말씀이십니까?"

이는 진지한 문제였다. 상대방이 교사라고 말했으니, 교육상 이러한 풍조에 대해서 아마도 반대하는 마음을 드러내려는 것이라고 나는 생각했다.

"당신은 지금 단지 시골의 교사라고만 말씀하셨습니다. 소개도 없이 갑자기 말을 걸고, 게다가 상대방의 의견을 물으려 하는 이상, 저는 당신 스스로 분명하게 이름을 밝히시는 것이 예의라고 생각합니다만……."

"이거, 소개가 늦어서 죄송합니다."

그는 이렇게 말하며 상의 주머니에서 그다지 깨끗하지 않은 가죽지갑을 꺼내 그 안에서 명함 한 장을 뽑아 내게 건네주었다.

보니 거기에는 '아이카와 도시오(相川俊夫)'라는 4글자가 인쇄되어 있었다.

"T시에서 몇 킬로미터 떨어진 ××라는 마을의 소학교에서 일하고 있습니다. 잘 부탁드리겠습니다."

민달팽이 사내는 이렇게 말하며 새삼스럽게 머리를 숙여 인사했다.

내가 일단은 날카롭게 파고들었기에 민달팽이 사내는 말허리가 잘린 듯, 한동안 입을 다물고 있었다.

그 대신 내 앞의 자리에 떡하니 앉아 무엇인가를 생각하고 있었다.

열차는 이미 누마즈(沼津)를 지나 스즈카와(鈴川) 부근을 달리고 있었다.

늦봄의 아름다운 숲과 시내를 바라보며 나는 극력 마음을 다른 곳으로 돌리려 노력했다.

아이카와라는 민달팽이 사내가 이때 갑자기 외투 주머니

에서 위스키 병을 꺼내,

"선생님, 한잔 어떠십니까?"

라고 물었다.

나는 원래 술은 한 방울도 입에 대지 않는 데다가, 이날은 법률가로서 어쩔 수 없는 여행을 하고 있는 것이었기에 목적지에 도착하면 일을 위해서 매우 진지하게 준비도 하지 않으면 안 되었고, 또 이런 정체를 알 수 없는 사내가 무엇을 먹일지도 알 수 없는 일이었기에 단호하게 거절했다. 완전히 거절하는 태도였다. 사양한 것이 아니었다. 거부한 것이었다.

민달팽이 사내는 거절당하고도 아무렇지 않다는 듯,

"그럼 하는 수 없지요."

라고 말하며 스스로 한 잔을 따라 그대로 들이켰다. 그러고 보니 전에부터 벌써 조금 마신 듯 눈 속이 약간 붉어져 있었다.

"그런데 선생님, 조금 전의 이야기 말입니다만……."

또 다시 조금 전의 화제였다.

"저는 탐정소설가이신 선생님께, 그렇습니다, 특히 선생님께 분명히 드리고 싶은 말씀이 있습니다."

이때 민달팽이 사내의 얼굴에서 순간적으로 민달팽이 같

은 표정은 사라지고 대가리를 쳐든 뱀처럼 날카로운 모습이 나타났다. 민달팽이 사내, 아니 이제는 그게 아니다. 뱀 사내가 다시 말을 이었다.

"저는 선생님 같은 분이 그런 소설을 잘도 쓰신다고 생각하고 있습니다. 정말 신기해서 견딜 수가 없습니다."

"그건 또 무슨 말씀이신지."

"선생님은 전 검찰이시죠? 그리고 지금은 변호사이십니다. 양쪽 모두 법률가입니다. 따라서 정의를 위해 늘 부정과 싸워야 한다는 점에는 변함이 없을 터입니다. 그런 선생님께서 세상에 독이 될 만한 그런 탐정소설을 쓰신다는 것은 신기한 일입니다. 한편으로, 선생님께서는 사회를 올바른 길로 인도해야 할 임무가 있습니다."

"농담이 지나치십니다. 저는 사회를 인도하겠다는 그런 허황된 생각은 해본 적이 없습니다."

"물론 선생님 스스로에게는 사회를 지도하겠다는 마음이 없을지도 모르겠습니다. 하지만 정의를 받드는 법률가에게 그 정도의 각오도 없으면 어떻게 하겠습니까? 만약 선생님께서 그 점을 생각하고 계시지 않다면 선생님께 법률가로서의 자격은 없습니다. 법률가인 이상 그 정도의 각오는 하고 있어야 합니다."

이 말투에서도 알 수 있듯이 뱀 사내는 기세가 매우 날카로워졌으며, 또 솔직히 말하자면 그 논지도 매우 견실한 것이었다.

나는 원래 논의에 있어서는 매우 공격적인 태도를 취하는 사람이지만, 하나는 이 상대방의 논리가 매우 정확하다는 점과, 또 하나는 예의 요기가 왠지 자꾸만 섬뜩하게 느껴졌기에 교묘하게 그 예봉을 피해보려 했다.

"당신께서 하신 말씀은 틀림없이 진리입니다. 하지만 제가 탐정소설을 쓸 때는 결코 법률가로서 쓰고 있는 것이 아닙니다. 그 점을 충분히 생각해주셨으면 합니다만."

"탐정소설의 붓을 쥘 때는 소설가, 변호사로서 돈을 받을 때는 법률가라고 말씀하시고 싶으신 거겠죠? 일단은 그 말도 과연 그럴 듯하게 들리기는 합니다. 그러나 그건 속임수입니다. 기만입니다! 선생님은 어물쩍 넘어가려 하고 계신 겁니다."

그의 태도는 더욱 맹렬해졌으며, 그의 논지는 더욱 급격해졌다. 솔직히 말해서 나는 그의 머리가 꽤나 좋다는 사실에 놀라지 않을 수 없었다.

"선생님은 소설가라고 말씀하십니다. 하지만 어떠한 경우에라도 선생님이 사회의 일개 분자라는 사실에는 이론의 여지가 없습니다. 당신이 무슨 말을 하든 사회에 대한 감화를 생각하지 않는다는 것은 당치 않은 일입니다. 당신은 스스로 이렇게 생각하신 적 없으십니까?"

여기에 이르러 '선생님'이 갑자기 '당신'으로 바뀌었으며, 그 뱀 사내는 훌륭한 사회평론가가 되어버렸다.

나는 약간 화가 나기 시작했다. 진지하게 논쟁에 임해야겠다는 생각이 들었다. 그래서 어떻게 말해줄까 생각하고 있는데 그가 위스키 병을 거의 비우며 이렇게 말했다.

"탐정소설가 중에서도 저는 특히 당신께 불만이 있습니다."

이 한마디는 그대로 흘려들을 수 없었다.

"어째서 특히 내게, 라는 거죠?"

"당신은 법률가이십니다. 따라서 당신의 작품에는 걸핏하면 법률문제가 나옵니다. 그게 재미있느냐 없느냐는 별개의 문제이고…….."

"그야 재미없으시겠죠."

나는 약간의 비아냥거림으로 그의 기세를 꺾어놓으려 했으나 그는 조금도 물러나지 않았다. 물러나지 않았을 뿐만 아니라 손을 흔들며 흥분해서 말을 이어나갔다.

"제가 특히 불만을 토로하고 싶은 것이 바로 그 점입니다.

당신은 무엇보다 살인에 관해서만 쓰십니다. 게다가 그 살인 방법의 트릭이 대부분 법률문제입니다. 바꿔 말하자면 법률적으로 가장 안전한 살인방법만을 늘 쓰고 계십니다. 그러니까 어떻게 하면 사람을 죽이고도 벌을 받지 않을 수 있을까 하는 것만을 쓰고 계십니다."

"그래서?"

"모르시겠습니까, 제 말의 의미를? 당신은 그런 것을 씀으로 해서 수많은 사람들에게 교묘한 살인방법을 가르쳐주고 있는 것입니다. 사람을 죽여도 이렇게 하면 결코 벌을 받지 않는다는 사실을 선전하고 계신 겁니다. 가령 여기에 살인을 결심한 사람이 있어서, 혹시 그것을 모방한다면 어떻게 되겠습니까? 당신은 그런 생각을 해보신 적 없으십니까?"

"설마 그런 사람이 있겠습니까?"

"하지만 수천만 명 가운데 한 사람이라도 그런 사람이 있다면 당신은 그 사람과 사회에 무슨 말로 사과를 하시겠습니까? 그렇습니다. 단 한 명이라도 그런 사람이 나온다면 당신의 책임입니다."

"전, 그런 일은 있을 수 없다고 생각합니다."

"아니, 있을지도 모릅니다. 적어도 가능성은 있습니다. 적어도 없다고는 말할 수 없습니다!"

그가 단호하게 장담했다.

여기에 이르자 그는 더 이상 민달팽이 사내가 아니었다. 뱀 사내도 아니었다. 사나운 호랑이였다. 그는 정면에서부터 나를 향해 돌진해 들어왔다. 사실은 나조차도 쩔쩔매는 형국이어서, 이제 와서 이런 논쟁을 시작한 것을 후회하고 있었다.

"하지만 있을 수 있다고 당신이 말한들, 또 없다고 내가 단언을 한들, 결국에는 서로의 주장만 있을 뿐 결론을 내릴 수는 없는 문제입니다. 어쨌든 당신의 충고는 감사히 들어두겠습니다."

이렇게 해서 나는 충돌을 피하려 했다.

아이카와 도시오는 이때 갑자기 입을 다물어버리고 말았다. 그리고 예의 요기 가득한 얼굴로 나를 다시 바라보기 시작했다.

나는 말이 없어진 상대방을 보고 기가 꺾여서 입을 다문 것이라고 생각했기에 더 이상의 논의를 피하기 위해 쓸데없는 말을 해버리고 말았다.

"따라서 이 문제는 더 이상 얘기해봐야 소용없는 일입니다. 그저께 밤 전차에서 만났을 때 오늘처럼 이름을 밝히셨다면 저희 집에서라도 말씀을 나눌 수 있었을 텐데, 안타깝습니다."

나는 논의를 마치겠다는 표시로 이렇게 말하며 옆에 있던 잡지를 손에 쥐었다.

그러나 그는 다시 집요하게 파고들었다.

"만약? 만약……, 그렇습니다. 만약 한 명이라도 당신 때문에 살인자가 된 사람이 있다는 사실을 여기서 제가 입증한다면 당신은 어떻게 하시겠습니까?"

"물론 당신께서 그렇게 주장하신다면 믿지 않을 수 없겠죠. 저는 그런 일이 있으리라고는 생각지 않습니다만."

"틀림없이 있습니다. 한 사람, 틀림없이!"

"틀림없이? 당신은 진심으로 그렇게 말씀하시는 건가요?"

"물론입니다. 틀림없이 적어도 한 사람, 저는 그런 사람이 있다는 사실을 알고 있습니다. 선생님, 저는 틀림없이 그런 사람을 한 명 알고 있습니다."

이렇게 된 이상 더는 피할 도리가 없었다.

"당신은 틀림없이 있다고 단언하셨습니다. 그렇다면 당신은 그 사람의 이름을 제게 알려야 할 책임이 있습니다. 그렇게 하지 않고 그저 저를 강하게 비난하기만 해봐야 아무

소용도 없는 일입니다."

나는 이 세상에 그런 사람이 있으리라고는 믿지 않았으며, 또 만약(그렇다, 그야말로 천만 번의 '만약'이다!) 그런 살인자가 있다 할지라도 설마 그 사람의 이름을 그가 내게 말할 수 있을 리 없으리라 생각했기에 이렇게 쏘아붙인 것이었다.

이 한마디가 과연 효과를 나타냈다.

맹호처럼 달려들던 그도 이때는 망설이지 않을 수 없는 모양이었다. 입을 우물거리기만 할 뿐, 굉장한 얼굴로 나를 가만히 노려보았다. 짧은 봄의 태양은 이제 옅은 빛을 던지며 산 너머로 저물려 하고 있었다.

이 기분 나쁜 침묵의 몇 분 동안 나도 지지 않고 그의 기분 나쁜 얼굴을 바라보았다. 미간 부근에 깊은 주름을 만들며 그는 마음속에서 어떤 고민과 싸우고 있는 모양이었다.

처음 나는 그가 한방 먹었기에 분해서 그러는 줄로만 알고 있었다. 그러나 이때 그의 얼굴은 사실 그보다 훨씬 더 깊은 고민을 나타내고 있었던 것이라는 사실을 나중에야 알게 되었다.

침을 두어 번 삼키더니 아이카와가 갑자기 입을 열었다. 갑자기 이번에는 다시 정중한 말을 써가며.

"선생님, 선생님은 변호사십니다. 변호사로서 들은 타인의 비밀을 누설하시는 일은 물론 없으시겠죠?"

"물론입니다. 도의적으로도 말할 수 없는 문제입니다만, 법률적으로도 저희는 그런 비밀을 누설할 수 없게 되어 있습니다."

(평범하게 묘사하자면) 아이카와는 잠시 말을 해야 할지 말아야 할지 부지런히 생각하고 있는 듯하다가, 결국은 이렇게 말하기 시작했다.

"그렇다면 말씀드리겠습니다. 조금 전에 말씀드린 한 사람이란, 이렇게 말씀을 나누고 있는 저입니다. 아이카와 도시오입니다."

"뭐? 당신?"

"그렇습니다. 바로 제가 선생님의 소설 때문에 과오를 범한 사람 가운데 한 명입니다. 저는 지난 겨울에 한 사람의 목숨을 빼앗았습니다. 살인을 저질렀습니다."

독자는 이때 내가 그의 정신을 의심한 것도 당연한 일이었다고 생각하시리라. 그의 태도에 농담인 듯한 구석은 조금도 보이지 않았다. 아니, 매우 진지했다. 따라서 아이카와 도시오가 나를 놀리고 있는 것이라고는 여겨지지 않았다.

나는 틀림없이 이 사내는 정신이 이상해진 것이라고 느꼈다.

그랬기에 나는 애써 놀란 모습은 보이지 않고 평소와 다름없는 얼굴로 이렇게 말했다.

"그렇습니까? 그게 정말입니까? ……그렇다면 언제, 어디서, 당신이 누구를 죽였는지 순서대로 말씀해보시기 바랍니다."

나는 그의 이야기가 분명히 난센스일 것이라고 생각했던 것이다. 정신병 의사가 아닌 나는 이렇게 하면 상대방의 이야기 어딘가에서 반드시 앞뒤가 맞지 않는 묘한 부분이 드러나리라 생각한 것이었다. 안타깝게도 의사가 아니었기에 이러한 때에 이것 외에 이런 미치광이를 다룰 방법을 나는 전혀 알지 못했던 것이다.

"선생님, 들어주시겠습니까? ……그럼, 대략적으로 말씀드리도록 하겠습니다."

아이카와는 이렇게 말을 꺼낸 뒤 이야기하기 시작했다.

나는 혹시 몰랐기에 부근을 둘러보았으나 주위는 여전히 비어 있었으며, 그의 목소리는 열차 달리는 소리에 묻혀 나 이외의 사람에게 들릴 염려는 전혀 없었다.

미리 한마디 덧붙여두자면, 나는 그의 이야기를 듣는 동안 슬프게도(!) 그가 결코 미치광이가 아니라는 사실을 깨닫게 되었다.

3

"가장 먼저 분명하게 말씀드리겠습니다. 저는 지금으로 부터 2개월 반쯤 전에, 그러니까 지난 2월 초순에 이제 겨우 2살이 된 저의 딸을 제 손으로 죽였습니다. 그건 조금의 거짓도 없는 사실입니다.

어째서 자신의 손으로 자신의 딸을 죽였을까? 한없이 미 웠기 때문이었습니다. 어째서 죽이고 싶을 만큼 미웠을까? 그건 제 아내의 딸이었기 때문이었습니다. 저의 딸이라고 저는 말했습니다. 하지만 그 아이가 틀림없이 저의 딸이었는 지는 알 수 없습니다. 아니, 죽였을 때 저는 아내의 딸이기는 해도 저의 딸은 아니라고 믿고 있었습니다.

저는 지금 돌아가고 있는 지방(독자여, 그곳은 우연히도 필자의 목적지와 같은 곳이었다.)에서 3년 전에 어떤 여자 와 결혼했습니다. 부끄러운 이야기입니다만, 저는 그녀에게 푹 빠져 있었습니다. 그녀 역시도 저를 사랑했습니다. 적어 도 저는 그렇게 믿고 있었습니다.

저희가 결혼하기 전에, 서로 아는 사이는 아니었습니다만 제게는 경쟁자라고 할 만한 사람이 있었습니다. 도시코(敏

子)─이건 아내의 이름입니다.─는 견실한 집안의 딸이었습니다만, 그녀의 집에서는 2층을 젊은 남자에게 빌려주고 있었습니다. 도쿄 출신의 미즈하라(水原)라는 남자가 도시코의 집에서 산 적이 있었습니다. 그 남자가 도시코를 마음에 두고 있다는 소리를 들은 적이 있었기에 제게 있어서 미즈하라라는 이름은 늘 연적(戀敵)처럼 느껴졌습니다. 그 남자는 저희가 결혼하기 조금 전에 도쿄로 돌아갔습니다.

결혼까지 여러 가지 일이 있었지만 얘기가 번거로워지니 그 얘기는 생략하고 바로 결혼생활로 들어가겠습니다. 처음 저는 행복했습니다. 전에 아내의 집에서 살았던 미즈하라에 대해서는 완전히 잊었을 만큼 행복했습니다.

그런데 뜻밖의 일이 일어나 그 행복도 완전히 깨져버리고 말았습니다. 그것은 단 한 장의 편지에 지나지 않았습니다. 결혼 후 얼마 지나지 않은 어느 날, 남자 글씨로 적힌 편지가 아내 앞으로 왔습니다. 저는 그 편지와 함께 제게 온 편지들을 하나하나 뜯어보고 있었기에 그 편지도 그만 제게 온 것이라 착각하고 말았습니다. 물론 봉투에 주소를 적은 글씨가 남자의 것이었기에 일이 그렇게 된 것이었습니다. 안에서 나온 것은 미즈하라의 편지였는데, 봉투에 분명하게 남자의 글씨로 적었을 정도이니 안의 내용 역시 조금도 이상한 말은 적혀 있지 않았습니다.

하지만 이상한 말은 조금도 적혀 있지 않은 그 편지가 제게는 한없이 불쾌했습니다. <그 후 결혼하시어 행복하게 사신다는 말씀>이라는 첫 번째 문장부터가 마음에 들지 않았습니다. 저의 마음을 말씀드리자면, 제 아내는 저의 것이니 그 누구도 손가락 하나 대지 못하게 하고 싶습니다. 저희 부부 사이에, 다른 남자로부터 아내에게 편지가 오리라고는 생각지도 못한 일이었습니다. 저는 틀림없이 질투심이 강한 사내겠지요. 비할 데 없이 불쾌한 며칠을 보낸 뒤, 어느 날 밤 저는 아내를 다그치고 다그치고 또 다그쳤습니다. 그렇게 해서 미즈하라와의 사이에 대해서 캐물었습니다. 그때 아내는 마침내 끔찍한 고백을 해버렸습니다. 그때부터 저는 모든 행복을 잃어버리고 말았습니다.

당신은 검사를 하셨으니 범인이 그 범죄를 어떤 식으로 자백하는지, 특히 여자 범죄자가 어떤 식으로 그 죄를 고백하는지, 그 여러 가지 모습을 알고 계시겠지요. 그날 밤 저희 아내의 고백은 놀랄 만한 것이었으나, 막상 고백하겠다고 마음을 먹고 나자 참으로 냉정하게 과거의 사실을 이야기했습니다.

그 고백은 어떤 사실을 긍정하는 것이었습니다. 그녀와

미즈하라는 예전에 연인이었다는 것이었습니다. 아니, 그 이상이었습니다. 설마, 설마 하던 일이 사실이었기에 저는 한때 어둠 속에 떨어진 것처럼 몸부림치며 괴로워했습니다. 괴로운 며칠 밤낮을 보내지 않으면 안 되었습니다. 처음에는 저의 질투심이 너무 깊기에 아내가 일부러 저를 놀리고 있는 것이 아닐까 생각해보기도 했습니다. 아니, 오히려 그랬으면 좋겠다고 빌었습니다. 자백하는 아내 앞에서 저는 탄원했습니다. 제발 지금까지 한 이야기는 거짓말이라고 말해줘! 그러나 아내의 고백에는 조금의 거짓도 없었습니다. 단 도시코는, 지난 날의 죄는 자신이 언제까지고 사과를 하겠지만, 앞으로 그와 같은 일은 결코 없을 것이다, 아니 앞으로만이 아니라 결혼 후에도 물론 그런 일은 없었다, 그것은 그저 결혼 전의 과실이니 제발 용서를 해달라는 것이었습니다. 선생님, 이런 말을 들었을 때는 어떻게 해야 하는 걸까요? 미련한 저는 아직도 도시코를 사랑하고 있습니다. 아내의 눈물을 용서할 수밖에 없었습니다.

그 무렵 아내는 임신 중이었습니다. 저는 아내의 고백 후, 그 뱃속의 아이를 의심했습니다. 그러나 그에 대해서 아내는 단호하게 저의 의심은 근거가 없는 것이라고 주장했습니다. 아내와 이 문제로 이야기할 때마다 저는 그 말을 들었습니다. 듣고 나면 마음이 안정되었습니다. 결국에는 의심이 마음속으로 파고 들어오면 일부러 아내를 다그쳐서, 아내가 단호하게 제 의심을 파괴해주기를 기대하는 남자답지 못한 일그러진 자신이 되어버리고 말았습니다.

지난 해 여름, 아내는 마침내 여자아이를 낳았습니다. 히로코(ひろ子)라는 이름을 지어주고 아내는 한없이 사랑했습니다. 그러나 저는 히로코가 태어난 순간부터, 그 얼굴을 본 순간부터, 무슨 이유에서인지 '이건 나의 딸이 아니다. 그녀석의 딸이다.'라고 느꼈습니다. 불행한 일입니다. 하지만 그게 사실이었습니다. 동네 사람들은 저를 닮았다고 인사치레를 했습니다. 하지만 아무리 봐도 제 얼굴을 닮았다고는 여겨지지 않았습니다. 처음 저는 미즈하라를 닮았다고는 생각지 않았으나, 제가 그렇게 생각하고 있던 탓인지 눈매가 저보다 그를 더 닮은 것 같다고 여겨지기 시작했습니다.

그리고 하루하루 지나면서 얼굴이 점점 그를 닮아가고 있는 것처럼 여겨졌습니다.

어느 날 밤, 저는 잠들지 못하고 여러 가지 생각에 잠겨 있었습니다. 도시코는 과거의 죄를 자백했어. 그리고 그건 내가 용서를 해주었어. 용서하지 않을 수 없었어. 도시코가 마음을 새로이 한 이상 나는 과거를 전부 묻어버리지 않을 수 없어. 지금은 그 일 때문에 괴롭지만, 이 마음의 상처는 틀림없이 시간이 흐르면 점점 치유될 거야.

하지만 히로코는? 만약 히로코가 도시코의 지난 죄의 결과로 태어난 것이라고 한다면 히로코가 살아 있는 한 나와 도시코는 서로 미워하지 않을 수 없어. 적어도 나는 씁쓸한 맛을 보며 평생을 보내야 돼. 게다가 히로코는 하루하루 성장해가고 있어! 나와 도시코 사이에 있는 이 장애물이 하루하루 커져가고 있는 거야.

만약, 히로코가 죽어준다면! 그렇습니다. 제 머리에 가장 먼저 떠오른 것은, 만약 히로코가 죽는다면, 이라는 생각이었습니다. 만약 히로코가 죽는다면 저와 아내 사이에는 과거 외에 아무것도 남지 않게 됩니다. 다시 말하자면, 히로코의 죽음은 저희를 행복하게 하는 일입니다.

이런 생각이 든 이후부터 저는 히로코가 죽기만을 바랐습니다. 또 하나, 단순한 구실이 아니라 저는 히로코가 조금도 사랑스럽지 않았습니다. 그랬기에 죽어주었으면, 죽어주었으면 하고 쉴 새 없이 생각하게 되었습니다.

제가 히로코를 죽여야겠다고 생각한 것은 우연히 당신의 탐정소설을 읽었을 때부터였습니다. 조금 전에도 말씀드린 것처럼 선생님의 소설에는 언제나 법률상의 증거에 대한 문제가 다루어져 있습니다. 법률상 처벌을 받지 않고 사람을 죽이기 위해서는 직접적인 증거를 남기지 않으면 된다는 내용입니다. 법률에 저촉되더라도 실제로 처벌을 받지 않도록 죽이라는 것입니다. 저는 선생님의 소설을 전부 읽었습니다. 그리고 그 가운데서 확실한 무엇인가를 하나 포착해냈습니다.

그건 마침 지난 1월 초순의 일이었습니다. 저는 차가운 눈 속에서 히로코를 살해할 방법을 연구했습니다. 히로코를 어떻게 살해할 것인가. 당신은 제가 어떻게 했다고 생각하십니까?

제게 직접적인 힌트를 준 것은 그 무렵 제가 살고 있던 A현 일대를 덮친 맹렬한 악성의 유행성 감모였습니다. 제가 근무하고 있던 소학교 학생이 매일 1명 정도의 증가율로 학교를 쉬기 시작했습니다. 그리고 1세나 2세의 어린아이들이 폐렴에 걸려 순식간에 사망하는 일이 저희 동네에서도 일어나기 시작했습니다. 그 말을 들은 순간 저는 마침내 때가 왔다고 생각했습니다.

1월의 어느 추운 날이었습니다. 밖에는 거센 눈보라가 치고 땅에는 4치(약 12㎝)의 눈이 쌓여 있었습니다. 기회를 노리고 있던 저는 그날 아침부터 다른 날과는 달리 히로코를 안기도 하고 어르기도 했습니다. 날이 어두워지자 히로코가 쌔근쌔근 잠들었기에 도시코는 제게 집을 맡기고 목욕탕에 갔습니다. 그때였습니다. 그 순간이었습니다. 놓쳐서는 안 될 것은 그 시간이었습니다. 저는 아내가 우산을 쓰고 나가는 뒷모습을 확인한 뒤, 가만히 뒷문을 열었습니다.

밖은 조금 전에도 말씀드린 것처럼 지독한 눈보라였습니다. 저는 자고 있는 히로코를 가능한 한 옷을 벗겨 알몸으로 만든 뒤 안았습니다. 젖지 않도록 처마 밑을 따라 걸으며 그 추위 속에 서 있었습니다. 그곳은 밭이 널따랗게 펼쳐져 있어서 누구도 지날 염려가 없었습니다. 그렇게 서서 2세가 된 갓난아이가 한시라도 빨리 이 맹렬한 한기의 저주에 빠지기를 기도했습니다.

저는 완전히 악마였습니다. 거의 알몸이나 다를 바 없는 히로코를 안은 채 저는 전율을 느꼈으나 추위는 잊고 말았습니다. 거칠게 몰아치는 눈보라에 자신의 아이를 내놓았지만, 저는 조금도 춥지 않았던 듯한 느낌이 듭니다.

아내가 돌아오면 일이 귀찮아지기에 잠시 후 저는 집으로 들어갔습니다. 다시 따뜻한 옷을 입힌 뒤, 저는 벌렁 누워 천연덕스러운 얼굴로 아내가 돌아오기를 기다렸습니다.

저는 이 악마적인 방법의 효과가 바로 나타날 줄 알았습니다. 하지만 이튿날이 되어서도 이렇다 할 일은 일어나지 않았습니다. 다음날, 눈은 그쳤지만 추위는 한층 더 심해졌습니다. 그날 저물녘, 같은 기회에 다시 같은 방법으로 히로코를 찬바람 속에 내놓았습니다. 눈 위에 놓는 방법도 생각하지 않은 것은 아니었습니다만, 혹시 동상이라도 걸리면 증거가 남으리라 생각했기에 그렇게 하지는 않았습니다.

2번째 시도는 마침내 성공을 거두었습니다. 히로코는 그날 저녁부터 굉장히 높은 열에 시달리기 시작했습니다. 저는 물론 그 이유를 알고 있었습니다만, 처음 아내는 영문을 몰랐기에 결국 의사가 달려온 것은 그날 밤이 되어서였습니다.

의사는 물론 제가 부르러 갔습니다. 그럴 때에 의사를 부르지 않을 수는 없습니다. 달려온 의사는 그 자리에서 유행성 감모라고 진단했습니다. 지역 안에서 유행하고 있는 그 병에 저희 아이가 걸렸다는 건 조금도 이상한 일이 아니었습니다. 의사는 또 히로코가 매우 위험한 상태에 있다는 사실, 폐렴으로 번져가고 있다는 사실에 대해서 주의를 주었으며, 여러 가지로 찜질하는 방법 등을 제게 설명한 뒤 돌아갔습니다.

저는 일부러 불완전한 찜질을 해주었으며, 그런 다음 의사의 집으로 약을 받으러 갔습니다. 가능한 한 시간을 끌고 싶었지만 그건 아무래도 부자연스러운 일이었기에 적당히 서두르는 척하며 오갔습니다. 그러나 저의 이러한 고려는 쓸데없는 것이었습니다. 왜냐하면 집에 돌아왔을 때 히로코의 병세가 현저하게 진행되어 있었으니.

그날 밤이 깊었을 때, 너무나도 괴로워하는 히로코를 보다 못한 아내가 제게 의사에게 좀 다녀와달라고 부탁했기에 서둘러 달려가 문을 두드렸습니다만 다행히도─그야말로 다행히도 말입니다. 이와 같은 말의 사용법은 악마의 사전에서나 찾아볼 수 있을 것입니다.─ 의사는 같은 병에 걸린 다른 급한 환자의 집으로 왕진을 가서 부재, 결국 저희 집에 와준 것은 그 이튿날 점심 무렵이었는데 그때 히로코는 이미 절망적인 상태에 있었습니다.

아내의 눈물 속에서 히로코는 마침내 숨을 거두고 말았습니다. 사망진단서에는 급성 폐렴이라고 적혀 있었던 듯합니다. 이상히 여기는 사람은 아무도 없었습니다. 간소한 장례식으로 이 사건은 막을 내렸습니다.

선생님, 저는 이렇게 해서 완전히 살인을 저질렀습니다. 더구나 이 세상에서 저를 의심하는 사람은 단 한 명도 없습니다. 저는 당신께 배운 대로 행했습니다. 사람을 죽였다! 그러나 벌은 받지 않는다!"

아이카와 도시오라 자칭한 사내는 이렇게 말하고 히죽히죽 기분 나쁜 웃음을 지었다. 나는 그의 이야기를 듣는 동안 그 안에서 어떤 진실함을 발견했다. 그러나 동시에 모든 일이 너무나도 교묘하다는 사실도 느꼈다. 만약 그의 말대로 그가 범인이라면 참으로 쉽지 않은 사건이다.

나는 지금까지 그가 딸을 죽인 것 같은 살인방법은 어느 소설에도 쓴 적이 없었다. 그 자신 역시 직접적인 힌트는 유행성 감모에서 얻었다고 스스로 말했다. 그래도 그의 말에 의하면 그 간접적인 원인은 나의 보잘 것 없는 소설에 있는 듯했다.

나는 그가 한 이야기의 진실성과 그가 얼마나 제정신인지를 시험해보기 위해서 억지로 냉정함을 가장하여 이렇게 물어보았다.

"과연 끔찍한 이야기네요. 당신의 이야기는 굉장합니다. 당신이 스스로 범죄를 이야기했으니 저는 그에 대해서 의심하지 않겠습니다. 하지만 한 가지 듣고 싶은 점이 있습니다. 요컨대 당신은 범죄의 목적에 성공을 한 것 아닙니까? 아내와의 사이에 있던 장애물은 사라지지 않았습니까? 게다가 세상 누구 한 사람도 당신을 의심하고 있지 않다는 사실은 당신 자신도 말했습니다. 정말 그렇다면 당신은 제게 감사를 해야 하는 것 아닙니까? 당신의 딸은 2개월 반 전에 이미 뼈가 되었습니다. 이제 와서 의심하는 사람도 아무도 없습니다. 그런데 당신은 아까부터 왜 저를 비난하시는 거죠?"

그는 이때 다시 섬뜩한 눈빛으로 갑자기 변했다. 그리고 괴롭다는 듯 머리카락을 쥐어뜯으며 신음하는 것 같은 소리를 올렸다.

나는 누군가 이상히 여기는 사람은 없는지 놀라 주위를 둘러보았으나, 다행히 눈치를 챈 사람은 아무도 없는 듯했다.

"그겁니다! 바로 그겁니다. 제가 당신을 원망하는 것은! 당신은 범죄방법을 가르쳐주었습니다. 분명히 살인을 가르쳐주었습니다. 그런데 양심을 버리는 방법은 안 가르쳐주지 않았습니까? ……아아, 살인 이후의 생활, 저는 견딜 수가 없습니다. 괴롭습니다. 양심을 버리지 않고는 살아갈 수가 없습니다. 더구나 그렇게 완벽하게 실행에 옮겼음에도 불구하고 저는 매일 형사에게 쫓기고 있는 듯한 기분이 듭니다. 히로코의, 그 조그만 히로코의 손이 땅 속에서 나와 저를 가리키고 있는 듯한 기분이 듭니다. 어째서 이 기분을 버리는 방법은 가르쳐주지 않는 겁니까? 네? 당신은 당신 때문에 이렇게 괴로워하고 있는 사람을 그냥 내버려두실 겁니까?"

아이카와는 이렇게 말하며 갑자기 나의 오른손을 쥐었다.

천성적으로 그렇게 대담하지 못한 나는 펄쩍 뛰어오를 듯이 놀랐다. 스스로 살인자라고 밝힐 정도의 사내이니 무슨 짓을 할지 알 수 없었다. 나는 애써 차분한 표정으로 그의 손을 떼어냈으나 다음에는 어떻게 나올지 두려운 마음으로 그를 바라보았다.

그러나 그는 내가 떼어낸 손을 오른쪽 주머니 안에 찔러 넣더니 거기서 다시 새로운 위스키를 꺼내 벌컥 들이켰다.

"당신에게서 살인만을 배우고 양심이나 공포를 버리는 법은 배우지 못한 저의 요즘 꼬락서니는 매일 이겁니다. 이게 없으면 살아갈 수가 없습니다. ……집에 있어도 매일 이겁니다. 아내는 히로코를 잃고 비탄에 잠긴 나머지 홧술을 먹는 거라 생각하고 있습니다. 한심하기는!"

이렇게 말한 그는 갑자기 의자 위에 푹 고꾸라지더니 그대로 눈을 감고 잠을 자기 시작했다.

흥분 후의 피로가 그를 엄습한 것이리라.

나는 마침내 안심이 되어 통로 건너편 좌석으로 옮기고 가능한 한 그를 깨우지 않도록 조심했다.

밖의 어두운 풍경을 바라보며, 나는 이 무시무시한 이야기를 여러 가지로 생각해보았다. 만약 사실이라면 나는 살인

도상의 벚인 _ 243

자와 나란히 있는 것이다. 그러나 설마 싶은 마음이 들기도 했다.

이렇게 해서 혼자 여러 가지 일들을 생각하는 동안 열차는 T역 하나 전인 F역에 도착했다. 그러자 아이카와가 벌떡 일어났는데 자리를 옮긴 나를 보더니 다시 내 앞으로 와서 앉았다.

"선생님, 어디까지 가십니까?"

나는 딱 한마디,

"T역."

이라고만 대답했다.

"T시? 이거 정말 우연이네요. 같이 내리면 되겠습니다. 저도 거기서 내립니다. 함께 걸어주십시오. 틀림없이 형사가 저를 감시하고 있을 겁니다."

"그럴 리 없지 않습니까?"

"아니, 그럴 것만 같은 기분이 듭니다. 아무래도 그럴 것 같습니다. 히로코 녀석이 무덤에서 그렇게 말하고 있습니다. 경찰에게 말한 게 틀림없습니다. 부탁입니다, 함께 걸어주시기 바랍니다."

이럴 때는 말없이 고개를 끄덕이는 것이 가장 현명한 방법이라는 사실을 깨달았기에 나는 머리를 위아래로 끄덕인 뒤 말없이 그를 바라보았다. 이 이상 무슨 말인가 하는 것은 이 사내의 광기어린 행동을 더욱 자극할 뿐이라고 생각했기 때문이었다.

두 사람이 말없이 마주 앉아 있는 동안 열차는 마침내 T역에 도착했다.

4

독자 여러분, 이것이 만약 내가 늘 쓰는 것과 같은 소설이었다면, 나는 탐정소설에서 흔히 쓰이는 방법대로 다음과 같이 마지막 장을 마무리 지었을 것이다.

〈열차가 T역에 도착하자, 지금까지 묘한 얼굴을 하고 있던 아이카와 도시오가 순간 갑자기 쾌활한 표정을 내보이고 밝은 미소를 지으며 내 손을 쥐었다.

"××선생님, 어땠습니까? 지금까지의 제 얘기가! 물론 그건 전부 거짓말이었습니다. 무엇보다 제게는 아직 아내가 없습니다. 평소 선생님의 소설을 애독하고 있기에 무료함을 달래기 위해서 그런 이야기를 해본 겁니다. 그저께는 도쿄에서 우연히 같은 전차를 탔고, 뜻밖에도 오늘 또 같은 기차를 탔습니다. 어땠습니까, 이야기의 완성도는. 아하하하, 그럼

안녕히 가십시오."

　멍한 표정의 나를 남겨두고 그는 서둘러 차에서 내렸다.〉

　어쩌면 독자는 이런 결말을 예상했을지도 모르겠다. 또 나 역시 이런 결말을 예상하지 않은 것은 아니었다. 어쩌면 한방 먹은 걸지도 모르겠다고 생각하기도 했다. 따라서 그가 만약 벌떡 일어선다면 그에게 당하기 전에 먼저 선수를 쳐서,

　'이거 감사합니다. 멋진 얘기였습니다. 덕분에 재미있었습니다. 그 작품을 당장 발표합시다.'
라고 말할 생각이었다.

　그런데 사실이란 좀처럼 탐정소설처럼은 되지 않는 법이다.

　T역에 도착하자 그는 자리에서 일어서기는 했으나 뭔가를 두려워하듯 자꾸만 내게 몸을 바싹 붙였다.

　나는 달래듯이 그를 곁으로 끌어당겨 차에서 내렸는데, 플랫폼을 서너 걸음쯤 갔을 때 나도 모르게 앗 하고 소리를 지를 뻔했다.

　언뜻 아닌 것처럼 가장하고 있으나, 검사로서 형사 등을 접해온 경험이 있는 나는, 몇 걸음 떨어진 곳에서 사복형사

인 듯한 사내 둘이 전등 빛을 받으며 이쪽을 보는 것 같기도 하고 보지 않는 것 같기도 한 모습으로, 역시 같은 방향으로 걷고 있다는 사실을 알 수 있었기 때문이었다.

그렇다면 그의 범죄는 전부 사실이었던 것이다.

육교를 건너서 개찰구까지 우리(이러한 경우 우리라고 말하지 않으면 안 된다는 것은 참으로 유감스러운 일이지만)는 무사히 걸어갔다.

그러나 개찰구에 가까워졌을 때, 조금 전의 형사인 듯한 두 사내가 나는 새처럼 달려와 아이카와의 앞뒤, 즉 나의 앞뒤를 가로막고 섰다.

그 순간 죽은 사람처럼 변해버린 아이카와의 얼굴빛은 지금도 나의 눈앞에 있다.

형사는 재빠르게 명함을 꺼내 아이카와에게 내보이고 작은 목소리로 무엇인가 두어 마디 속삭였다. 아마도 자신의 신분을 밝힌 것이리라.

다음 순간 아이카와는 놀란 토끼처럼 달아나려 하다가 더는 달아날 수 없다는 사실을 알자 갑자기 나를 가리키며 미치광이처럼 절규했다.

"이 사람이야. 사실은 이 사람이야. 노부코를 진짜로 죽인 것은 바로 이 사람이야. 틀림없이 내 손으로 실행하기는 했어. 하지만 사실은 이 녀석이 가르쳐준 거야."

두 형사는 나를 다시 한 번 보더니,

"당신은 누구십니까? 이 사람과는 어떤 관계십니까?"
라고 물었다. 나는 거기에 대답할 의무는 없었으나 워낙 아
이카와가 발한 절규가 사람들을 불러모으기에 충분한 것이
었기에 오래 끌어서는 귀찮아지겠다 싶어 얼른 직업용 명함
을 꺼내고 덧붙여,

"저도 어차피 경찰서로 가는 길이었습니다. 서장님을 뵈
어야 하니. 이 사람과는 아무런 관계도 없습니다만, 어쨌든
당신들이 이 사람에게 용건이 있다면 저도 함께 택시로라도
같이 서까지 가겠습니다. 누가 뭐래도 이런 곳에서 이렇게
외쳐대면 저도 견딜 수 없으니까요."

나의 명함이 형사들에게 어떤 힘을 발휘했는지 발휘하지
못했는지는 내 알 바가 아니다. 그들이 나와 아이카와의 관
계를 어떻게 생각했는지는 모르겠으나(이런 경우 아이카와
를 나의 의뢰인, 나를 그의 변호인이라고 믿었을지도 모르겠
다.) 어쨌든 나의 제의에는 이의가 없었던 듯 건물 밖으로
나오자마자 지체 없이 택시를 불러와 아이카와를 셋이서
감싸 억지로 태웠기에 정차장에서 몰려든 사람들의 구경거
리가 되는 일만은 간신히 피할 수 있었다.

자동차 안에서는 아이카와 한 사람만이 미치광이처럼 떠들어댔다.

　"끔찍한 일이야. 하지만 이렇게 되니 마음은 편해졌어. 히로코 녀석, 끝내 고소를 했어. ……폐렴입니다. 그 아이가 죽은 건! 진단서에도 나와 있지 않습니까? 그저 제가 그 아이를 폐렴에 걸리게 한 것뿐입니다. 어떻게 생각하시나, 형사 양반. 아이를 눈 속에 내놓아 병에 걸리게 한 거야. 굉장한 살인법이지? 이것도 전부 이 선생(나를 가리키며)께 배운 거야. 나는 살인범이야. 그리고 이 선생은 그 교사범이고. 형사 양반, 잘 좀 부탁해."

　잡힌 이후부터 그는 범죄인들이 대부분 그런 것처럼 갑자기 마음이 편안해졌는지 쉴 새 없이 떠들어댔다.

　나는 물론 두 형사 역시 한마디도 하지 않았다.

　자동차가 밤의 T시를 달려 경찰서에 도착했다.

　여기서 나는 물론 아이카와 도시오와 일단 분리되었다. 도쿄의 모 사법관이 경찰서장에게 보낸 소개장을 가지고 있었기에 나는 비교적 정중하게 서장실로 안내되었다. 그때 서장은 방에 없었다.

　어딘가에서 여전히 소리를 지르고 있는 듯한 아이카와의 목소리가 들려왔다.

서장이 마침내 모습을 드러냈기에 나는 내가 오늘 온 목적과 용건을 여러 가지로 이야기했다.

　　잠시 후, 사법주임인 듯한 사람이 들어와서 서장과 무슨 말인가를 주고받았는데, 사법주임이 나가자 얼굴에 웃음을 지으며 서장이 내게 말했다.

　　"그런데 당신은 오늘 아이카와라는 사람과 함께 오셨다고 하더군요."

　　"함께 오기는 했지만 전혀 모르는 사내입니다. 같은 차를 탔는데 그 사람이 갑자기 제게 말을 걸어오기에, 저도 무료함을 달래기 위해서 상대해주었던 겁니다. 하지만 정차장에서는 어처구니없는 일을 당하고 말았습니다. 같이 걸어달라고 하기에 같이 걸어주었습니다만, 아무래도 정신이 살짝 이상한 것 아닙니까?"

　　"아, 그렇습니까? 전혀 관계가 없으십니까?"

　　"물론입니다. 그 사람과 뭔가 공범관계에라도 있는 것 아닐까 의심하시는 거라면, 염려 붙들어매셔도 됩니다."

　　이는 물론 절반쯤 농담처럼 한 말이었으나 '공범관계'라는, 어떤 범죄를 전제로 한 말은 그를 위해서 약간 부주의했다는 생각이 바로 들었다. 그러자 서장도 곧 절반은 농담인 것처럼 이렇게 말했다.

"물론 그런 생각은 하지 않았습니다. 그런데 그가 매우 여러 가지 일들을 당신에게 털어놓았다고 하던데요."

내게 의심을 품고 있지 않다는 사실은 분명히 알 수 있었으나, 이 말은 법률가로서 거기에 간단히 응할 수 있는 문제가 아니었다.

"네, 뭔가 이상한 말을 했습니다. 전부 엉터리인 것 같습니다만. 혹시 미치광이 아닙니까?"

이렇게 대답한 나는 뒤이어 이런 질문을 했다.

"대체 어떻게 된 일입니까? 저 사내는 무슨 혐의입니까? 물론 그런 것은 제가 구체적으로 물을 만한 일이 아닙니다만."

서장이 웃으며 대답했다.

"당신에게 특별히 숨길 필요도 없는 일입니다. 게다가 생각지도 못했던 엉뚱한 일을 당하셨으니 그 점을 생각해서라도 말씀드리는 편이 좋을 듯합니다. 바로 어제, 저 사내의 아내가 자택에서 시체로 발견되었습니다. 언뜻 보기에는 자살처럼 보입니다. 물론 자살로 보아도 앞뒤가 맞지 않는 것은 아닙니다. 최근에 아이를 잃어 매우 비관하고 있었다고 하니까요. 단, 유서가 없고 또 이건 아직 말씀드릴 단계가 아닙니다만, 두어 가지 묘한 점이 있습니다. 그래서 일단은 타살 혐의로 범인을 수색 중입니다. 저 사내도 그 혐의자 가운데 한 명입니다. 시체가 발견된 것은 어제였습니다만, 살해당한 것은− 만약 타살이라고 한다면 그저께 밤입니다. 해부 결과, 이건 틀림없습니다."

내게 서장의 이 말은 전혀 뜻밖이었다. 나는 머리가 잠시 멍해지는 듯한 느낌이었다. 그리고 쓸데없는 소리를 하지 않기를 잘했다는 생각이 들었다. 동시에 나는 어떤 일을 바로 떠올렸다.

"그렇다면 저 사내는 무죄입니다. 저는 그저께 밤 10시 무렵에 도쿄 시내 요쓰야(四谷) 구에서 저 사내를 틀림없이 보았으니까요. 저 사내의 알리바이를 입증할 수 있습니다. 저는 적어도 법정에서 증인이 될 각오는 있습니다."

"오호, 그게 사실입니까?"

"어떻게 거짓말을 하겠습니까?"

"아니, 잘못 보신 것 아닐까 싶어서 드리는 말씀입니다."

"분명히, 잘못 보았을 리 없습니다."

이때 사법주임이 또 들어와서 서장과 이야기를 주고받았다. 이야기를 마치고 난 서장이 여전히 미소 짓는 얼굴로 내게 말했다.

"아이카와가 자신의 아이를 죽인 사실을 전부 자백했다

고 합니다. 사법주임이 들은 내용은 전부 거짓 없는 자백인 것 같다고 합니다. 그리고 어떤 이유에서인지 당신을 매우 원망하고 있다고 합니다. 당신을 다시 한 번 만나고 싶어 한다는데, 만나보시겠습니까?"

서장의 말에는, 내가 물론 만나지 않을 것이라는 예감과 꼭 만날 필요는 없으니 거절하면 된다는 배려가 드러나 있었다.

"위험하지만 않다면 여기서 만나겠습니다."

"그건 제가 책임을 지겠습니다. 그럼, 만나시겠습니까?"

서장은 내 의사를 재차 확인한 뒤 사법주임에게 다시 신호를 주었다. 사법주임은 일단 방에서 나갔다가 곧 다시 방으로 들어왔다. 뒤에서 두 형사의 감시를 받으며 아이카와가 모습을 드러냈다.

그는 서장 들을 앞에 두고, 차 안에서 내게 했던 그 끔찍한 범죄 사실을 다시 한 번 이야기했다. 그리고 내게 온갖 험담을 퍼부었다. 그것은 역시 차 안에서 내게 했던 말들을 그저 상스러운 말로 바꾼 것에 지나지 않았다.

서장과 나와 사법주임은 단지 쓴웃음을 지으며 듣고 있을 수밖에 없었다.

마침내 그의 이야기가 끝났을 때, 나는 비로소 사법주임에게 물었다.

"물론 무슨 혐의로 부른 것인지는 아직 본인에게 말씀하지 않으셨죠?"

사법주임은 그 말을 긍정하듯 고개를 끄덕였다.

"말하고 자시고 할 것도 없이, 저희는 아직 아무런 말도 하지 않았는데, 이 모양입니다. 처음부터 아이카와 혼자서 떠들어댔습니다."

이렇게 말한 뒤 아이카와를 향해 강한 어조로 갑자기 물었다.

"이봐, 그저께 밤에 너 어디에 있었지?"

아이카와에게 있어서 이 질문은 전혀 뜻밖의 것이었다. 그는 그 말의 의미를 해석하기에 잠시 애를 먹고 있는 듯이 보였다.

그는 말없이 사법주임을 멍하니 바라보고 있었다.

"네 아내가 그저께 밤에 집에서 살해당했어. 그러니 그저께 네가 어디에 있었는지 분명하게 말하지 못하면 네가 위험해져. 그저께 아침에 상행선 열차를 탔다는 사실은 알고 있어. 어디에 갔던 거지? 우리가 알고 싶은 건 바로 그거야. 그래서 널 부른 거야."

이 말을 들은 순간 보인 아이카와의 얼굴을, 나는 아마도 평생 잊지 못할 것이다.

그것은 묘사하기에 너무나도 복잡하고, 너무나도 비참하고, 또 너무나도 쓸쓸한 것이었기 때문이다.

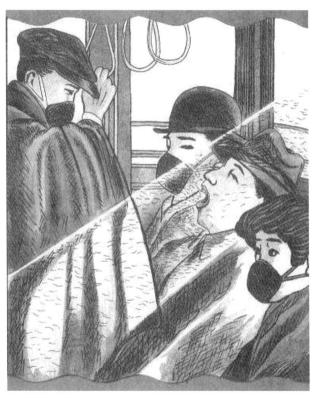

스페인 독감 유행 당시의 포스터

감기 한 다발風邪一束

구니키다 고쿠시岸田國士

구니키다 고쿠시

1890년에 도쿄에서 태어났다. 군인이 되기를 희망하여 육군사관학교를 졸업했으나 문학을 좋아했으며 군 생활에 반발하여 퇴역한 후에는 도쿄 제국대학 불문과에서 공부했다. 프랑스에서 근대연극을 연구하고 귀국했다. 희곡 「낡은 완구」, 「우시야마 호텔」 등으로 주목받았다. 1937년에 구보타 만타로, 이와타 도요오 등과 문학좌(文学座)를 창설했다. 1950년에 문학입체화운동을 주장하며 예술가 집단인 '구모노카이'를 결성했다.

오랜 세월 그 이름을 들어왔고, 신변에서 언제나 그것인 듯한 그림자를 보면서도 아직 그 정체를 한 번도 파악하지 못한 것 가운데 감기가 있다.

감기는 말할 것도 없이 일종의 병이다. 대부분은 목이 따끔하고 기침이 나고 코가 막히고 머리가 아프고, 때로는 열이 오르고 식욕이 없으며, 의사의 손을 번거롭게 하는 경우도 흔히 있다.

오늘날에는 대체 질병의 숫자가 얼마나 늘어났을까? 병명은 정해졌으나 병원(病原)을 알지 못하는 것도 꽤 있다고 들었는데, 병원은 알고 있으나 예방을 할 수 없고, 예방은 할 수 있어도 치료할 수 없는 병의 이름 등은 그다지 듣고 싶지도 않다.

어쨌든 감기에 대해서 얘기해보겠는데, 나는 의학상 이 병이 어떻게 취급되고 있는지는 모르지만, 무슨무슨 카타르라는 것이 감기의 일종이라는 말을 들으면 벌써 흥미가 떨어져버리기에 감기는 어디까지나 감기 혹은 감모라는 속명으로 부르고 있다.

―뭐야, 감기야?

―감기, 감기라고 해서 방심해서는 안 돼.

실제로 감기 정도로 소란을 피울 필요 없다는 불평에서부터, 감기가 원인이 되어 죽었다는 이야기를 들려주는 녀석까지 있다.

그런데 그 유행성 감모라는 골칫덩어리가 요즘 '스페인 감기'라는 이상하고도 아름다운 이름을 앞세워 문명국의 도시를 습격, 삽시간에 수많은 어머니와 남편과 애인과 아이들과 하녀의 목숨을 앗아갔다. 같은 저승사자라도 콜레라나 페스트와는 달리 인플루엔자라고 하면 왠지 그 손은 가늘고 흰 듯하며, 얇은 비단을 통해서 보는 보석의 아련한 빛조차 느껴지게 하지 않는가?

나도 예전에 '무시무시한 감기'에 걸려 하마터면 목숨을 잃을 뻔한 적이 있었다.

훌쩍 여행을 떠났다. 그 여행지에서 해안의 저녁바람을 약 30분 정도 쐰 것이 원인이었다. 그게 마침, 그렇게 격의 없이 지내는 것도 아닌 A씨의 집이었는데 사흘 동안 열이 40도 밑으로 내려가지 않았다. 그대로 H박사의 병원으로 옮겨져 폐렴이라는 진단을 받았고……, 그 후의 일은 이야기할 것도 없지만 그때의 감기로 떠오르는 것은 그 A씨— 화가이자 시인인 A씨의 민간의학이다. 그는 스스로가 원시인임을 자처하지만, 사실은 근대적 감수성과 일종의 유물관이 극도로 그의 생활을 지배하는 취미적 보헤미안의 전형이다. 스스로 돛단배를 만들고, 온상에 대해서 궁리하고, 욕실을 짓고, 살무사주를 양조하고, 가족의 병을 진단하고, 수제 체온기를 끼우게 하고, 역시 수제 저울을 이용해 투약한 뒤 태연하게 회복을 믿는다. 종두는 낡은 펜촉을 갈아서 그것을 행하고, 주사 바늘은 8번을 써도 그것을 갈지 않으며, 설사를 멈추게 하기 위해 화로의 재를 먹이고, 아내의 산후 사흘째 되는 날에 침상에서 일어나게 한다.

이 A씨는 내가 병원에 들어간 후에도 종종 문안을 와주었는데, H박사에게 여러 가지로 의학상의 견의를 한 모양이었다.

나는 예전에 '기묘한 감기'를 앓은 적이 있었다. 그것은 대만에서 홍콩으로 가는 배 안에서였다. 당시 가오슝에서 홍콩까지 일본 돈으로 10엔 하는 것이 3등 선실의 운임이었는데, 그 대신 쿨리와 같은 방을 써야 하는 배의 바닥이었다. 이건 좀 심했다 싶었으나 그냥 참기로 하고 돗자리 위에

몸을 눕혔는데 그날 밤 갑자기 오한이 느껴지고 목이 건조해
져서 체온을 재보니 41도였다.

배가 샤먼에 닿을 때쯤, 마침내 1등 선실로 바꿀 결심을
했다. 보이의 어깨에 기대어 흐느적흐느적 갑판을 걸어가는
잠옷 차림의 나를 중국의 쿨리들은 웃으며 바라보았다.

그곳은 1등 선실이었다. 돗자리 대신 새하얀 시트가 있고,
꽃병에는 꽃이 있고, 물병에는 물이 있어서 그것만으로도
벌써 나의 기분은 상쾌해졌으며 머리도 갑자기 가벼워졌고
열은 36도 대로 떨어졌다.

홍콩에 닿기 전에는 갑판을 성큼성큼 걸으며, 배 밑바닥
에서의 열병은 이미 잊은 뒤였다.

그런데 재미있는 것은, 처음부터 1등 선실을 샀으면 전부
해서 30엔인데, 샤먼에서부터 1등 선실로 바꾸었기에 중국
돈으로 20냥을 지불해야 했다. 당시의 환율로 일본 돈 40엔
이었다. 이러한 종류의 손해는 언제까지고 기억에서 떠나지
않는 법인 듯하다.

밤 늦게 파리의 골목을 걸으면 일종의 독특한 냄새가 어
디에서 오는 것인지도 모르게 코를 찌른다. 그것은 대체로
겨울, 혹은 겨울에 가까운 계절의 밤이다.

나는 아직도 그 냄새가 어디서 나는 것인지 알지 못하지만 그것은 아마도 담배 찌든 내와 소의 피와 썩은 버터와 세탁물과, 그러한 것들이 혼합된 냄새가 아닐까 생각한다. 한마디로 말하자면 그것이 파리의 그 유명한 하수 냄새일지도 모르겠다.

그 냄새도 일본에 돌아온 뒤 상당히 오래 맡지 못했기에 자연스럽게 잊고 있었는데, 요즘 문득 그 냄새가 떠올랐다. 떠올랐다기보다는 그 냄새와 같은 냄새가 나의 코를 스치고 지나갔다. 무슨 냄새일까? 이렇게 생각하며 주위를 둘러보았는데 그 냄새는 어딘가에서 풍겨오는 것이 아니라, 사실은 내 콧구멍에 배어 있는 것인 듯했다.

나는 코를 킁킁거려 그 이상한 '냄새의 환각'을 내쫓으려 했으나 아무런 소용도 없었다.

그것은 틀림없이 군밤장수가 나올 무렵으로, 사람의 통행이 끊긴 류 뒤토오[30]의 냄새였다. 그리고 모자를 쓰지 않은 소녀가 외투 깃에 턱을 묻고 마지막 우향우를 하는 오데온좌 옆 마지막 골목의 냄새였다.

그처럼 신기한 현상이 최근에 대여섯 번이나 있었을까?

---

30) 파리 시내의 지명인 듯한데 정확한 우리말 표기법을 찾지 못해 원서의 일본식 발음을 그대로 옮겼다. 독자의 양해 바란다.

여러 가지 연구 결과 그것은 내가 조금이나마 감기에 걸렸을 때에만 난다는 기묘한 사실을 발견할 수 있었다.

나는 지금 또 감기에 걸렸다. 그리고 몇 번인가의 겨울 동안 익숙하게 맡았던 파리 밤의 냄새를 지금 정겹게 다시 맡고 있다.

그렇다. 지금이야 정겹다고 말하고 있지만, 그 냄새는 나의 과거를 통해서 가장 어둡고 가장 차가운 방랑의 시대를 감싸는 저주해야 할 냄새였다.

감기와 파리가 연결되었기에 이를 계기로 파리에서 감기에 걸렸을 때의 일을 떠올려보았다.

마침내 이탈리아로 떠나기 직전에 열이 39도 몇 부까지 올라가는 소동이 벌어져 동행했던 H소령을 적잖이 걱정하게 만들었다.

그래도 병을 참아가며 육지측량부에서 개최한 연합국 국경획정위원 준비회의에 참석하기는 했으나, 택시 안에서 현기증이 나서 견딜 수가 없었다.

숙소로 돌아와 침대에 누워 있자니 H소령이 Y박사를 데리고 문병을 와주었다.

떠날 수 있느냐, 없느냐의 문제였다.

베로나에서 각국의 위원이 만나기로 한 날이 오늘 막 결정된 참이었다. 거기서는 중대한 회의가 열릴 예정이었다.

나는 무슨 일이 있어도 가겠다고 고집을 부렸다.

다행히 리옹 정차장을 떠나기로 한 날 아침에는 열이 내렸다. 그러나 몸은 극도로 쇠약해져 있었다. 조그만 손가방이 시체처럼 무거웠다.

베로나의 숙소는 대리석으로 지어진 낡은 건물이었다. 해가 저물어 창가로 다가갔더니 기다리고 있었다는 듯 기타 소리가 들려왔다. 끔찍할 정도로 목이 말랐다. 다리가 떨렸다. 눈꺼풀이 무거웠다. 문득 로미오와 줄리엣의 무덤이 이 마을에 있다는 사실이 떠올랐다. 조금 전에 길을 가며 보았던 아레나의 폐허가 섬뜩한 모습으로 눈앞에 떠올랐다.

─큰일이군. 나는 역시 열이 있어.

이렇게 해서 나는 그 이튿날 자동차로 가르다 호수 주변을 드라이브했고, 다음 날에는 3시간에 걸친 위원회에 참석했으며, 그날 밤에는 타이피스트 아가씨에게 10장의 의견서를 필기하게 했고, 사흘째 되는 날에는 티롤, 아름다운 알프스, 밀라노의 작은 마을을 향해 장거리 자동차여행을 떠났다.

한여름의 하늘에서 빛나는 천년의 빙하를 바라보자 나의 감기는 어딘가로 날아가버리고 말았다.

올해 2월, 만 2년 동안의 요양생활을 얼마 남겨두지 않은 마지막 시기에 나는 M박사의 이른바 시험적 감모에 걸렸다. 이를 무사히 극복하면 가슴은 완쾌라는 판정을 받게 된다.

예의 해안에서의 발병 이후, 절대로 '감기에 걸려서는 안 된다.'는 갑갑한 생활에서 마침내 해방될 때가 온 것이다.

"이젠 아무리 감기에 걸려도 걱정 없다."- 참으로 유쾌한 선고 아닌가.

어느 서양인이 일본에 와서 '일본인은 모두 언제나 감기에 걸려 있다.'고 말했다고 한다.

그래, 어찌 보면 그럴지도 모르겠다. 첫째, 일본인의 목소리는 대체로 서양인이 감기에 걸렸을 때의 목소리와 비슷하다.

둘째, 일본인만큼 가래를 뱉는 인종도 없다.

셋째, 극장이나 음악회나 여러 식장 등에서 일본만큼 기침소리가 들려오는 곳도 없다. 드디어 시작한다 싶으면 그 전에 우선 기침을 해둔다. 일단락 지어지면, 아아 드디어 끝났다며 기침을 한다. 연극의 경우에는 막이 올라 있는 동안에도 배우의 대사가 잠깐 끊기면 여기서도 저기서도 기침을 한다.

　내가 알고 있는 어떤 부인은 조용히 있어야겠다고 생각하면 저절로 기침이 나온다고 한다. 그러니까 숨을 죽이면 목구멍이 간질간질해지는 것이리라. 이러한 것들은 선천적으로 감기에 걸려 있다는 증거다.

　올해에는 나도 애써 감기에 걸려야겠다.

덫에 걸린 사람罠に掛った人

고가 사부로甲賀三郎

고가 사부로

1893년에 시가 현에서 태어났다. 도쿄 제국대학 화학과를 졸업했다. 농상무성 질소연구소의 기수가 되었는데 재직 중이던 1923년에 『신취미』의 현상에 응모, 일등으로 입선하여 게재된 작품 「진주탑의 비밀」로 데뷔했다. 초기에는 자신의 전문인 과학지식을 이용한 본격파 단편 탐정소설을 다수 집필했다. 에도가와 란포와 함께 1920년대 일본에서 본격파 탐정소설에 몰두한 선구자로 좋은 평가를 얻었으나 트릭 설정에서 과학 지식에 지나치게 의존한 경향도 있다.

1

벌써 10시가 넘은 지 오래건만 아내 노부코(伸子)는 아직도 집에 오지 않았다.

도모키(友木)는 초조한 마음에 자리에서 일어났다. 그의 깡마르고 뼈가 불거진 얼굴이 묘하게 일그러지더니 고통스러운 표정이 생생하게 떠올랐다.

연말이 가까운 이때에 세상천지를 아무리 돌아다녀봐야 빚투성이인 그에게 한 푼이라도 돈을 꿔줄 사람이 있을 리 없었다. 그라고 그것을 모르지는 않았다. 그랬기 때문에 노부코가 홑옷 하나만을 걸친 채 추위에 떨면서 돈을 변통하러 나가보겠다고 말했을 때 그는 전부 쓸데없는 일이라며 그녀를 말렸다. 그러나 노부코의 입장에서 보자면 이 어떻게 해볼 수도 없는 궁핍한 상황을 어떻게 해서든 극복해보겠다는, 거기에 한 줄기 희망을 품는 것도 당연한 일이었다. 그랬기에 도모키는 결국 쓸데없는 일인 줄 알면서도 아내의 외출을 허락할 수밖에 없었다. 그리고 결과는 그가 예상한 대로, 아내는 언제까지고 집으로 돌아올 줄 몰랐다. 그녀는 틀림없이 배고픔과 추위와 싸우면서 지친 다리로 절망적인 노력을 계속하고 있을 것이었다.

그는 가엾은 아내가 여기서 쫓겨나고 저기서 거절당해 타박타박 거리를 헤매고 다닐 모습을 떠올렸는데 그것은 어느 사이엔가 여우처럼 뾰족한 얼굴을 한, 잔인하기 짝이 없는 고리대금업자 다마시마(玉島)가 낡은 가죽 가방을 옆구리에 끼고 터벅터벅 걷는 모습으로 변해 있었다. 도모키의 눈에서 눈물이 배어나왔다. 그는 그것을 떨쳐내려는 듯 눈을 감고 머리를 흔들었으나 그가 쥔 주먹은 흥분으로 부들부들 떨고 있었다.

지난 봄, 그와 아내는 연달아서 심한 유행성 감모에 걸렸다. 오래도록 실업상태에 있었던 도모키는 그때까지도 친척과 친구들에게서 꾼 돈을 갚지 못하고 있었기에 마지막 방법으로 다마시마에게서 50엔을 빌렸다. 그 이후부터 도모키는 병이 완전히 낫지 않은 몸으로 피와 같은 땀을 흘리며 얼마 되지 않는 돈을 벌면 그 대부분을 이자로 다마시마에게 빼앗기곤 했다. 그래도 빚은 줄기는커녕 다달이 불어나서 어느 틈엔가 원금과 이자를 합쳐 200엔이 넘었다. 다마시마는 조금도 독촉의 손길을 늦추지 않았으며 특히 연말이 다가오자 매일 같이 찾아와서는 소란을 피웠다. 도모키 부부가 3일 동안이나 음식다운 음식도 먹지 못하고 곧 연말임에도 한 푼의 돈도 없이 길바닥에 나앉을밖에 달리 길이 없게 된 것은 다마시마 때문이라고 말해도 좋을 것이었다.

아내가 집에 돌아오기를 기다리면서 도모키의 마음속은 다마시마를 저주하는 생각으로 가득했다.

칙, 칙 하는 이상한 소리를 내며 마지막 초가 꺼져가려 하고 있었다. 너울너울 흔들리는 촛불을 받아, 닭장보다 더 황폐해진 방의 무너져가는 벽에서 괴물을 연상시키는 그의 검은 그림자가 늘어났다 줄어들었다 하고 있었다.

끊임없이 다마시마를 저주하고 있던 도모키의 가슴에 문득 어떤 생각이 떠올랐다. 그는 깜짝 놀라 사방을 둘러보다 곧 한곳을 가만히 응시했다. 그의 표정은 점점 험악해져갔다. 얼굴은 흙처럼 창백해져갔다.

"음."

그는 괴롭다는 듯 신음소리를 냈다. 양쪽 관자놀이에서 줄줄 실오라기 같은 땀이 흘러내렸다.

"음, 죽여 버리자."

그는 마침내 마지막 말을 중얼거렸다. 그는 다마시마를

죽이기로 결심한 것이었다.

　그는 다마시마와 맞바꿔야 할 정도로 값싼 자신의 목숨을 조소했다. 하지만 그는 달리 살아갈 길이 없었다. 그 여우처럼 생긴 다마시마가 빨간 피를 흘리며, 그의 발밑에서 부르르 사지를 떨며 죽어가는 불쌍한 모습을 떠올리자 그는 약간 기분이 좋아졌다. 다마시마를 죽여버리면 다마시마 때문에 고통받고 있는 몇몇 사람들도 구할 수 있지 않은가? 이런 마음도 있었다. 그와 같은 이런저런 생각들이 그에게 마침내 다마시마를 죽일 결심을 하게 한 것이었다.

　이렇게 결심하고 나자 그는 아내가 돌아오기 전에 집을 나설 필요가 있었다. 아내의 얼굴을 보면 결심이 흔들릴지도 몰랐으며 아내에게 쓸데없는 고통을 주는 결과가 될지도 모를 일이었다.

　〈나 때문에 당신이 오랜 시간 고생이 많았소. 나는 더 이상 어떻게 살아가야 할지 모르겠소. 나는 그 흡혈귀 같은 다마시마를 죽이고 자살할 생각이오. 당신 혼자라면 어떻게든 살아갈 길을 발견할 수 있을 것이오. 무능한 남편의 일일랑 당신의 기억 속에서 영원히 지워버리고 보람찬 삶을 살기 바라오.〉

이런 유서를 남길까도 싶었으나 왠지 너무나도 평범한 남편들이 하는 일이라 여겨졌으며, 혹시 너무 일찍 발견되어 다마시마를 죽이기 전에 제지라도 받게 되면 안 되었기에 도모키는 아내에게 아무런 말도 남기지 않기로 했다.

　다마시마의 집에 따로 사람은 없었지만 문단속만은 매우 엄중한 듯했다. 소문에 의하면 밤에는 경계가 한층 더 심해진다고 하니 어떻게 숨어들지가 문제였다. 살해 방법은 더욱 문제였다. 도모키는 단도는커녕 주머니칼 같이 간단하고 조그만 날붙이조차도 가지고 있지 않았다. 그런 것을 살 돈은 물론 없었다. 만약 그런 돈이 있었다면 설령 그것이 10센이라 할지라도, 감자라도 사서 배고픔을 면했지 다마시마를 살해하는 일은 내일의 문제로 삼았을 것임에 틀림없다. 도모키는 다마시마를 살해할 흉기조차 가지고 있지 않다는 사실을 생각하자 쓴웃음을 참을 수가 없었다.

　촛불은 마지막 불꽃을 태우려 노력하듯 한순간 확 밝아졌다가 점점 불꽃이 작아지더니 곧 꺼져버리고 말았다.

　도모키는 가만히 어두운 방에서 나왔다.

2

　거리는 연말 대목을 맞아서 밝고 또 사람들로 붐볐다. 진열창에는 여러 가지 사치스러운 물건들이 놓여 있었고 거기에는 모두 도모키가 한 달에 한 번도 손에 넣어본 적이 없었을 정도의 금액이 정가로 붙여져 있었다. 11시 가까운 시간이었지만 거센 삭풍에 옷자락을 휘날리며 분주하게 오가는 사람들로 가득했다.

　도모키는 그런 사람들 속에 섞여서 옷차림이 약간 초라하다는 것 외에는 사람들의 눈길을 끌 만한 특징은 보이지 않았다. 그의 약간 살벌한 얼굴빛도 연말에 녹초가 되도록 돌아다니고 있는 사람들의 주목은 조금도 끌지 못했다. 그 역시도 연말을 바쁘게 돌아다니는 한 사람으로밖에 보이지 않았던 것은, 그에게는 다행스러운 일이었다.

　그러나 그 자신은 내내 누군가에게 뒤쫓기는 듯한 기분이었다. 헌팅캡을 눈썹까지 눌러쓰고 몸을 약간 움츠린 채 성큼성큼 걸어갔다.

　다마시마의 집은 어둑어둑한 골목에 있었는데 밤에는 볼일이 없는 장사였기에 연말임에도 불구하고 벌써부터 문을 꼭 걸어 잠그고 정적에 빠져 있었다.

　도모키는 다마시마의 집으로 다가갈수록 사지가 묘하게

부들부들 떨리고 입술이 이상하게 마르기 시작했다. 그는 어슬렁어슬렁 문 앞을 두어 번 왕복했다.

문을 두드릴 용기는 없었다. 그럴 듯한 구실을 만들어서 그를 만날 수는 있을 테지만 맨손으로는 어떻게 해볼 수가 없었다. 적당히 빈틈을 봐서 달려든다 할지라도, 노인이기는 하지만 다부져 보이는 다마시마에게 오히려 도모키가 제압을 당할지도 몰랐다. 어떻게 해서든 흉기를 손에 넣어 잠을 자고 있을 때 공격하거나 뒤에서 공격하거나, 어쨌든 의표를 찌르지 않으면 성공할 수 있을 것 같지 않았다.

도모키는 쪽문과 뒷문에 손을 대보았으나 꿈쩍도 하지 않았다. 문을 뛰어넘기에는 아직 시간이 너무 일렀다.

도모키는 말로 표현할 수 없는 초조함을 느끼며 다마시마의 집 앞을 왔다 갔다 했다. 때로는 지나가는 사람에게 쫓겨서 큰길까지 나오곤 했다. 그러면 큰길을 한 바퀴 돌아서 다시 집 앞으로 왔다.

밤이 점점 깊어가자 추위가 더욱 심해지기 시작했다. 그러나 숨어들 만한 기회는 그에게 좀처럼 주어지지 않았다. 그래도 그의 용기는 쉽사리 사라지지 않았다. 그는 집요하게 목적으로 삼은 집 주위를 떠나지 않았다.

몇 번째인지 큰길 쪽에서 다마시마의 집이 있는 골목으로 들어선 순간 도모키의 발에 툭 하고 부딪치는 것이 있었다. 살펴보니 그것은 보자기에 싼 조그만 보따리였다. 도모키는 별 생각 없이 주워 올렸다. 보자기 속에는 가벼운 종이 뭉치와 같은 느낌의 물건이 담겨 있었다.

혹시나 하는 생각에 도모키는 가슴이 덜컥했다. 그는 곧잘 돈을 줍는 장면을 공상하곤 했었다. 돈을 줍는 외에는 달리 방법이 없다고 생각한 적이 한두 번이 아니었다. 돈을 주우면 얼마나 좋을까 생각한 적도 종종 있었다. 기적적으로 돈을 주워 궁지에서 벗어나게 되기를 몇 번이고 열망했다. 그러나 공상은 언제나 공상으로 끝났으며 그런 기적이 실현된 적은 한 번도 없었다.

하지만 바로 오늘 그와 같은 기적이 일어나는 것 아닐까? 그렇게 생각하며, 그리고 일종의 이상한 불안에 휩싸여 도모키는 보자기를 펼쳐보았다. 안에서는 종이로 싼 꾸러미가 나왔다. 그리고,

이 무슨 기적이란 말인가?

종이 꾸러미의 내용물은 바로 지폐다발이었다.

도모키의 손이 부들부들 떨려왔다. 그는 다급히 종이 꾸러미를 품속에 쑤셔넣었다. 만져본 적이 없는 금액이었기에 제대로 짐작할 수는 없었지만 적어도 500엔은 되는 듯했다.

도모키는 정신없이 달리기 시작했다. 어쨌든 그 자리에 있기가 겁났던 것이다.

몇 백 미터 떨어진 곳까지 와서 그는 훅 하고 숨을 내쉬었다.

어떻게 하면 좋단 말인가?

경찰에 신고를 할까? 잃어버린 사람이 나타나면 1할 정도는 받을 수 있을지도 모른다. 하지만 잃어버린 사람이 바로 나타나지 않으면 그대로 묶인 돈이 되어버리고 만다. 그럼 처음부터 사례비만큼만 빼고 신고를 할까? 아니, 혹시 그 사실이 밝혀지면 곤란해진다. 그렇다면 차라리 전부를 빌리기로 할까?

500엔이 있으면 이제는 죽지 않아도 된다. 다마시마를 죽일 필요도 없다. 이것을 하나의 계기로 운이 트일지도 모른다. 500엔을 잃어버리는 멍청한 녀석은 이것이 없어도 그렇게 난처하지는 않을 것이다.

빌리기로 하자. 도모키는 마침내 그렇게 결심했다.

그는 주위가 갑자기 밝아진 것 같다는 느낌이 들었다. 메말라버린 그의 가슴에서 희망이 솟아오르기 시작했다.

그는 문득 아내를 생각했다.

어두운 집에 돌아와서 그가 없다는 사실을 발견한 그녀는 어떻게 하고 있을까? 아니면 그녀는 아직도 거리를 헤매고 돌아다니는 것일까?

빨리, 빨리, 좋은 소식을 알려주어야 한다.

도모키는 설레는 가슴으로 집을 향해서 달리기 시작했다.

3

집은 칠흑처럼 어두웠다.

도모키는 더듬더듬 방 안으로 들어가 아내를 불러보았으나 그녀는 돌아와 있지 않았다.

집을 나선 그는 근처 잡화점으로 가서 초를 두 개 샀다. 머뭇머뭇하며 품속에서 주운 돈 중 10엔짜리 지폐를 한 장 뽑아 내밀었으나 가게 사람은 특별히 이상하게 생각지도 않고 거스름돈을 내주었다. 그런 다음 그는 식료품점으로 갔다. 그는 부드러운 식빵과 버터와 깡통에 든 햄을 샀다. 그러고 나서는 과일가게로 가서 새빨갛게 익은 사과를 샀다. 그는 숨을 헐떡이며 집으로 돌아왔다.

굵고 새하얀 양초가 오랜만에 기분 좋게 방 안을 밝혀주었다. 그는 정신없이 식빵을 먹기 시작했다. 그런 다음 사과를 먹었다.

배가 부르고 여유가 조금 생기자 그는 오래도록 피우지

못했던 담배를 피우고 싶어서 견딜 수가 없었다. 그는 다시 밖으로 나가서 담배를 샀다. 책상다리를 하고 앉아서 연기를 한 모금 들이마시자 말로 표현할 수 없는 기분이었다. 조금 전 죽음을 결심했던 자신이 마치 다른 사람처럼 느껴졌다.

어떻게 된 일인지 아내는 좀처럼 돌아오지 않았다.

그는 느긋하게 기다리고 있었지만 사실은 한시라도 빨리 아내의 얼굴을 보고 싶었다. 한시라도 빨리 그녀와 기쁨을 나누고 싶었다. 그러나 아내는 쉽게 모습을 드러내지 않았다.

그는 약간 불안해지기 시작했다. 그녀의 신변에 어떤 이상이 생긴 것은 아닌지. 혹시 자동차에라도 치인 것은 아닐까? 혹은 돈을 변통할 데가 없자 무분별한 생각을 실행에 옮긴 것은 아닐까? 그의 불안은 점차로 깊어져갔다.

혹시 나를 버리고 도망간 것은 아닐까? 설마 그럴 리는 없을 것이라고 생각하면서도 도모키의 생각은 나쁜 쪽으로만 향할 뿐이었다.

아니, 역시 덧없는 희망을 품은 채로 아는 사람들의 집을 이리저리 돌아다니고 있는 것이리라. 도모키는 생각을 바꿔보려 했다. 하지만 그렇게 생각하기에는 너무 늦은 시간이었다. 어쩌면 자동차에……, 도모키는 걱정이 돼서 더는 견딜 수가 없었다.

그 순간 그는 방에서 문득 이상한 물건을 발견했다.

방 한가운데쯤의 바닥에 타다 남은 짧은 초가 세워져 있질 않은가? 조금 전 그가 방을 나섰을 때는 마지막 초가 완전히 타버렸기 때문에 끝이 타고 없어진 심이 마치 하나의 점처럼 방바닥의 다른 곳에 남아 있었다. 그렇다면 이 타다 남은 초는 그가 나가고 난 뒤에 누군가가 가지고 온 것이었다. 물론 그것은 틀림없이 노부코일 터였다.

그렇다면 아내는 일단 집에 왔었다는 얘기다. 그런데 그의 모습이 보이지 않자 다시 어딘가로 가버린 것인 듯했다. 대체 어디로 간 걸까? 나갔다 해도 특별히 갈 곳이 없는 그녀는 벌써 돌아왔어야 했다. 그는 한층 더 불안해지기 시작했다.

그는 밖으로 나가서 아내를 찾아볼까도 생각했다. 하지만 짐작 가는 곳이 없었기에 길에서 엇갈릴 우려가 있었다. 그는 걷잡을 수 없는 불안에 휩싸여 초조한 마음으로 주위를 둘러보았다.

그러자 방의 한쪽 구석에 놓여 있는, 편지처럼 보이는 것이 비로소 눈에 들어왔다. 그는 가슴이 덜컥 내려앉아 달려들 듯해서 그것을 집어들었다.

그것은 틀림없이 노부코가 남긴 편지였다.

도모키는 다급히 읽어 내려갔는데 그의 얼굴빛이 순식간에 하얗게 질려버리고 말았다. 편지에는 다음과 같은 내용이 적혀 있었다.

〈조금이라도 가망이 있는 곳은 남김없이 찾아가보았습니다. 하지만 당신이 처음에 말씀하신 것처럼 전부 헛수고였습니다. 저는 초라하고 쓸쓸하게 집으로 돌아왔습니다. 당신은 어디로 가셨는지 집에 안 계셨습니다. 저는 소맷자락 속에 있던 한 조각 초를 꺼내서 불을 붙이고 가만히 당신을 기다렸습니다. 그 얼마나 쓸쓸한 기분이었는지요. 저희는 내일이면 이 창고 같은 집에서조차 나가지 않으면 안 됩니다. 한 푼의 저금도 없고 한 푼의 돈을 얻을 방법조차 없습니다. 저는 가만히 생각했습니다. 여러 가지 일들이 떠올랐습니다. 이젠 눈물도 나오지 않습니다.

결국 저희는 더 이상 살아갈 수가 없습니다. 저는 결심했습니다. 걸림돌이 되는 저만 없다면, 남자 혼자 몸 아닙니까, 당신은 틀림없이 어떻게든 살아갈 길을 발견하실 수 있으실 겁니다. 저는 결심했습니다. 저는 당신 곁을 떠나겠습니다.

당신 곁을 떠난다고는 하지만 저는 당신 없이는 살아갈

수 없다는 사실을 잘 알고 있습니다. 그러니 저는 목숨을 끊겠습니다. 저는 그 증오스러운 다마시마를 죽이고 목숨을 끊을 생각입니다. 다마시마는 매우 조심스러운 사람이라고 하지만, 전 여자이니 방심을 할 것입니다. 저는 돈을 갚으러 온 것처럼 꾸며 그를 만나서 빈틈을 노렸다가 찔러 죽이겠습니다.

오랜 시간 사랑해주셔서 감사합니다. 가끔은 가엾은 저를 생각해주시기 바랍니다. 부디 보람찬 인생을 보내시기 바랍니다.

노부코〉

도모키는 끝까지 읽기도 전에 정신없이 밖으로 뛰쳐나갔다. 발걸음은 곧장 다마시마의 집으로 향했다.

그녀는 그와 똑같은 생각을 한 것이었다. 편지의 내용조차 그가 아내에게 남기려 했던 것과 똑같지 않은가? 그녀는 그와 엇갈려서 다마시마의 집으로 향한 것이었다.

이미 늦었을지도 모른다. 그녀가 다마시마를 살해했을지도 모른다. 끔찍한 일이다!

하지만 그녀라고 그렇게 쉽게 다마시마의 집으로 들어갈 수는 없으리라. 더구나 그녀의 일이다. 다마시마에게 제압당했을지도 모른다. 제발 그래주기를 바랐다.

서두르지 마, 노부코. 이제 다마시마 따위는 아무래도 상관없어. 죽일 필요가 있었다면 당신보다 내가 먼저 죽였을 거야. 아아, 내가 그냥 내버려두었기 때문에 당신이 벌써 살인죄를 범했을지도 몰라. 아아, 끔찍하다. 제발 아직 죽이지 않았기를. 내가 너무 늦지 않기를.

도모키는 헛소리처럼 입으로 중얼중얼 거리며 한걸음에 달려갔다.

4

아아, 틀렸다!

다마시마의 집 2층에 등불이 밝혀져 있었다. 쪽문에 틈이 있어서 밀어보니 간단히 열렸다.

아아, 노부코가 안으로 들어간 것이다.

도모키는 쪽문을 밀어 열고 정원을 달려가면서 혹시 그 주위에 피로 물든 단도를 든 채 노부코가 기절이라도 해 있지 않을까 정신없이 눈을 움직였다. 그러나 눈에는 아무것도 들어오지 않았다.

현관에도 피가 떨어진 흔적은 보이지 않았다.

참극은 아직 벌어지지 않은 것일까? 노부코는 무사할

까? 다마시마에게 제압을 당하고 만 것일까? 아아, 그래도 상관없어. 제발 무사하기만 해줬으면.

도모키는 구조를 알고 있는 집이었기에 계단을 뛰어올라 다마시마가 응접실로 쓰고 있는 방으로 돌진해 들어갔다.

그러자 갑자기 사람들이 싸우는 소리가 들려왔다.

도모키는 고무공처럼 방 안으로 뛰어들었다.

들어가 보니 노부코가 어디서 손에 넣었는지 하얗게 빛나는 단도를 번뜩이며 날카로운 기세로 다마시마에게 다가가고 있었다. 벽 쪽으로 내몰린 다마시마는 두 손을 앞으로 내민 채 뭐가 뭔지 알 수 없는 외침을 올리고 있었다.

"노부코, 그만 둬!"

도모키가 외쳤다. 그러나 노부코의 귀에는 들리지 않았는지 순간 칼을 한 번 휘두르며 한 걸음 앞으로 나갔다. 다마시마는 꺅 하는, 닭 모가지를 비튼 듯한 소리를 올렸다. 도모키는 노부코에게로 달려들었다. 오른손으로 단도를 든 그녀의 손을 단단히 쥐었다.

노부코는 거칠게 몸부림치면서 뒤를 돌아보았다. 도모키의 얼굴을 본 순간,

"앗! 당신?"

이라고 외치며 단도를 짤랑 떨어뜨리더니 몸에 한껏 들어갔

던 힘이 갑자기 빠져버린 듯 힘없이 도모키의 가슴에 몸을 기댔다.

"얼토당토않은 짓이야. 얼토당토않은 짓."

하마터면 목숨을 잃을 뻔한 위기에서 벗어나 마음이 놓였는지 공포로 새파랗게 질린 얼굴을 찌푸리며 다마시마가 외쳤다.

"뭐가 얼토당토않다는 거야?"

도모키가 증오에 가득 찬 시선으로 새파랗게 질려버린 다마시마를 바라보며 외쳤다.

"뭐가 얼토당토않다는 거냐고? 이런 얼토당토않은 짓이 세상에 또 있겠어? 빌린 돈은 갚으려 하지도 않고 사람을 죽이려 하다니, 기가 막혀서 말도 안 나오네."

"말이 안 나오면 입 다물고 있어. 너 같은 녀석은 죽여도 상관없어."

"당치도 않아. 사과할 생각은 하지도 않고 제 하고 싶은 말만 지껄이다니. 더는 참을 수 없어. 난 고소하겠어."

"흥, 고소든 뭐든 해보라고. 난 이제 너 같은 건 무섭지 않아."

"나는 무섭지 않아도 하늘은 무서울 거다."

"무섭지 않아."

"얼간이 같은 소리 하지 마. 감옥에 들어가야 할 거야."

"상관없어."

"얼토당토않은 소리야. 얼토당토않아. 그런 말을 할 거면 돈부터 갚아."

"흥, 돈이 그렇게 갖고 싶나? 돈을 갚기만 하면 더 할 말은 없겠지?"

"돈을 갚고 조용히 물러난다면 아무 말도 하지 않겠어."

"좋아, 그럼 돈을 갚을 테니 차용증서를 건네줘."

"차용증서는 네 마누라가 찢어버렸어."

다마시마가 넋이 나간 표정으로 말했다.

"그래, 찢었다고, 흠."

도모키가 노부코를 조용히 안아 일으키며 물었다.

"당신이 찢었어?"

"네."

시체처럼 창백한 얼굴을 하고 있기는 했으나 그녀는 비교적 분명한 어조로 대답했다.

"증서는 찢었지만 남은 돈은 기억하고 있겠지?"

도모키가 다마시마에게 말했다.

"그야 물론 기억하고 있지."

"그럼 말해봐. 증서가 없으면 돈은 갚지 않아도 상관없지만 나는 너처럼 비열한 인간들과는 달라서 그렇게 하지는 않겠어. 돈을 줄 테니 금액을 말해봐."

"뭐? 돈을 갚겠다고? 설마 꿈은 아니겠지? 돈은 원금과 이자를 합쳐서 228엔하고 46센이야."

"좋았어."

도모키가 품속에서 지폐뭉치를 꺼내 서툰 손놀림으로 헤아리기 시작했다.

"자, 여기 230엔이야."

"정말 꿈은 아니겠지? 목숨을 잃는 게 아닌가 싶었는데 돈을 받게 되다니. 이거 참 고마운 일이로군. 방심하게 만들어놓고 단도로 다시 찌르려는 건 아니겠지?"

"닥쳐. 쓸데없는 말 말고 얼른 받아."

"왠지 기분이 좋지 않은데."

다마시마는 머뭇머뭇 지폐를 받아들더니 능숙한 손놀림으로 헤아리기 시작했다. 그리고 도모키가 돈을 갚고도 특별히 자신을 해할 마음이 없다는 사실을 꿰뚫어보고는 지금까지의 기가 죽었던 모습은 어디로 갔는지 갑자기 얼굴을 반짝이며 싱글벙글하기 시작했다.

"틀림없습니다. 잠깐 기다리세요. 바로 거스름돈을 내드릴 테니."

"거스름돈은 필요 없어. 당신이 가져."

"엣, 정말입니까?" 다마시마가 깜짝 놀라서,

"도모키 씨, 당신은 가난하지만 어딘가 다른 사람들과는 다르다고 생각했는데 역시 대단합니다. 감탄했습니다."

"닥쳐." 도모키가 소리를 질렀다. "이제 다른 할 말은 없겠지?"

"무슨 할 말이 있겠습니까. 감사합니다."

다마시마는 넙죽 머리를 숙였다.

"좋았어. 하지만 내게는 할 말이 남았어. 너 이 녀석 오래도록 나를 잘도 괴롭혔겠다!"

도모키는 주먹을 쥐어 다마시마의 넙죽 숙인 옆얼굴을 올려붙였다. 다마시마는 비틀비틀하며 얼이 빠져버린 얼굴을 찌푸리고,

"아, 아얏! 아아, 이게 거스름돈 대신인가?"

"뭐라고!"

비위가 상한 도모키는 다시 한 번 다마시마에게 주먹을 날렸다.

"노부코, 그만 가자."

도모키는 노부코를 재촉해서 개선장군처럼 유유히 다마시마의 집에서 나왔다.

5

집으로 돌아온 도모키는 노부코에게 돈이 손에 들어온 경위를 간단히 들려주었다. 그러나 그는 주운 돈을 그대로 착복한 것이라고는 말하지 않았다. 뜻밖에도 커다란 돈을 주워 잃어버린 사람에게서 사례금으로 받은 것이라고 말했다. 노부코는 물론 그 말을 믿었다.

"잘 됐네요."

그녀가 기쁨에 가득 찬 얼굴로 말했다. 하지만 도모키의 얼굴은 어두웠다.

불안 속에서 하룻밤을 보낸 도모키는 이튿날 아침 일찍 노부코를 재촉해서 여행을 떠나기로 했다. 그는 도쿄에 그대로 있기가 왠지 무서웠던 것이다. 주인에게 밀린 집세를 내고 짐을 챙겨서 두 사람은 기차를 타고 쇼난(湘南) 지방으로 향했다.

하지만 도모키는 여전히 해방되지 못했다.

그날 밤, 여관에서 석간을 손에 든 도모키가 앗, 하는 소리를 질렀다.

"왜 그러세요?"

노부코가 놀라서 남편의 얼굴을 올려다보았다.

"크, 큰일이야. 다마시마가 살해당했어."

"넷?"

두 사람은 석간을 서로 잡아당기며 2단 기사를 읽었다.

석간의 보도에 의하면 오늘 아침, 2층의 한 방에서 싸늘한 시체가 되어 누워 있는 고리대금업자 다마시마가 고용인인 귀머거리 할멈에 의해서 발견되었다는 것이었다. 다마시마의 가슴에는 단도가 박혀 있었고 범행 시간은 오늘 새벽 1시에서 2시 사이로 강도의 소행인 것 같다고 적혀 있었다.

"어머, 놀래라. 그럼 저희가 나온 뒤 바로 살해당한 거네요." 노부코가 숨을 헐떡이듯이 말했다.

"응, 쪽문은 열려 있었고, 현관문도 닫혀 있지 않았으니 강도가 든 거겠지."

"처음에는 당신이 죽이려 했고, 다음으로 제가 죽이려 했을 때는 목숨을 건졌지만 결국 세 번째 강도에게 목숨을 잃다니, 끝내는 목숨을 잃을 운명이었나 봐요."

"그러게, 정말 운이 없는 녀석이야."

"천벌을 받은 거예요. 어쨌든 저희가 죽이지 않은 건 다행이에요."

"하지만 우리가 의심을 받을지도 몰라."

"그래요. 갑자기 돈이 들어왔고, 갑자기 여행을 떠났으니.

거기다 저희는 다마시마의 집에 갔었잖아요. 의심을 받을 만한 모든 조건들이 갖춰져 있어요. 혹시 경찰에서 찾으면 어떻게 하죠?"

"어쩔 수 없지. 그때 가서 생각하자고."

도모키는 아내를 안심시키기기 위해서 별일 아니라는 듯이 말했으나 마음속 불안은 이만저만한 것이 아니었다. 그는 두려움에 떨고 있었다. 혹시 다마시마를 살해했다는 의혹에서는 벗어날 수 있을지 몰라도 주운 돈을 횡령했다는 사실은 감출 방법이 없었다. 만약 그것을 숨긴다면 다마시마를 살해했다는 혐의가 더욱 짙어질 뿐이었다. 경우에 따라서는 다마시마를 살해했다는 혐의도 해명할 수 없을지 몰랐다.

"당신, 왜 그러세요?"

노부코가 갑자기 말이 없어진 도모키를 보고 물었다.

"아무것도 아니야. 피곤해서 그래. 이제 그만 자기로 하지."

여관 사람에게 잠자리를 봐달라고 해서 도모키는 자리에 누웠다. 그러나 불안에 이은 공포는 더욱 커져만 갈 뿐, 잠에 들지는 못했다.

날이 밝은 뒤 복도를 지나는 발소리가 들려올 때마다 혹시 형사가 온 것이 아닐까 가슴 졸이던 도모키는 잠을 자지 못해 부은 눈으로 일어나 서둘러 조간을 읽었다.

거기서는 생각지도 못했던 행운이 기다리고 있었다. 신문에는 다마시마를 살해한 범인이 벌써 잡혔다는 기사가 실려 있었다.

"어머, 잘 됐네요."

노부코가 가슴을 쓸어내리며 기쁘다는 듯이 말했다.

하지만 도모키는 아직 충분히 해방되지 못했다.

신문 보도에 의하면 다마시마를 살해한 남자는 다케야마 세이키치(武山淸吉)라는 자로, 어떤 조그만 술집의 젊은 고용인이었다. 그는 전날 밤 주인의 명령으로 단골의 외상값을 받으러 갔었는데, 보자기에 싼 500엔이 넘는 지폐를 품속에 넣어가지고 집으로 돌아오는 길에 잃어버리고 말았다. 그 사실을 깨달은 뒤 정신없이 찾아보았으나 누군가가 주워간 것인지 끝내 보이지 않았다.

그의 주인은 계속되는 불황으로 거의 파산 직전에 있었기에 그 돈이 없으면 결국은 파산을 할 수밖에 없었다. 세이키치는 그런 사정을 잘 알고 있었기에 자살을 해서 용서를 빌 수밖에 없다고 생각하고 멍하니 거리를 배회했다. 그러다 문득 정신을 차리고 보니 그는 어떤 커다란 집 앞에 서 있었다. 그곳은 그의 주인집 부근으로, 평판이 좋지 않은 고리대금업자 다마시마의 집이라는 사실을 알 수 있었다. 그는 멍하니 걷고 있기는 했지만 역시 잃어버린 돈을 생각하고 있었던 듯, 단골의 집에서 주인집으로 돌아오는 길을 더듬고 있었던 것이다.

'이 집이라면 500엔이나 1,000엔 정도는 언제나 나뒹굴고 있겠지.' 그는 다마시마의 문패를 보면서 문득 이런 생각을 했다. 그리고 무심코 쪽문을 살펴보니 어떻게 된 일인지 가느다란 틈이 벌어져 있었다. 그는 눈에 보이지 않는 무엇인가에 홀린 듯 쪽문을 밀었다. 쪽문은 아주 간단하게 열렸다. 그는 비틀비틀 안으로 들어갔다. 어찌된 일인지 현관문도 열려 있었다. 그는 2층에서 흘러나오는 빛을 따라 계단을 올라갔다. 그는 비틀비틀 불이 켜져 있는 방으로 들어갔다. 그랬더니 잠을 자지 않고 있던 다마시마가 그를 보고 고함을 질렀다. 그는 정신없이 그곳에 떨어져 있던 단도를 집어들었다. 그리고 다마시마를 찔러 죽였다.

책상 위에 있던 지폐가 눈에 들어왔다. 그는 그것을 품속에 찔러 넣었다. 그는 금고를 찾아서 문을 열려 했으나 거기에는 실패했다. 그러는 동안 덜컥 겁이 나서 집에서 뛰쳐나와 이리저리 배회하다 순찰을 돌던 경찰관에게 의심을 샀고, 가까운 경찰서의 유치장에 갇혀 있다가 오늘 낮쯤에 비로소 다마시마를 죽였다고 자백했다는 것이었다.

"어머, 가엾게도."

읽기를 마친 노부코가 창백한 얼굴로 한숨을 쉬며 말했다. 그러나 그녀는 아직도 남편의 거짓말에는 눈치를 채지 못한 듯했다.

도모키가 죽은 사람처럼 핏기 없는 얼굴을 들어 한 곳을 응시하며 더듬더듬 말했다.

"운명이야. 운명이라는 녀석은 언제나 덫을 놓고 기다리고 있지. 그것이 인생이야."

"그리고," 노부코가 남편의 모습을 약간 이상하다고 생각하며 말했다. "그 덫에 걸린 사람이 운이 없는 것이라는 말씀이신가요? "

그러나 그 말에 도모키는 대답하지 않았다. 그리고 깊은 한숨을 내쉬었다.